ヘタレな僕はNOと言えない
公僕と暴君

筏田かつら

目次

ヘタレな僕はＮＯと言えない

公僕と暴君

プロローグ「I 'm a public servant」

「すべて公務員は、全体の奉仕者であって、一部の奉仕者ではない」

　中学校の公民の授業でも習う有名な憲法の条文。教科書の中で初めて目にしたときは自分がその「奉仕者」になるなんてかけらも想像してなかった。だがそれから年月が過ぎ、大学生として大教室の最前列で講義を受ける頃には、近い将来の生業として自然とそれを意識するようになっていた。

　学部の雰囲気は浮ついていて、正直うまく馴染めなかった。なまじ真面目で優秀だったため、試験期間の前だけ頼りにされた。騒ぐだけの飲み会はほとんどパスした。同級生からは「勉強が好きなだけの堅物」、そう揶揄されていることも知っていた。

でも本当は、学問にそれほど興味を持っているわけではなかった。ただ、与えられた課題を人並み以上にこなすことが得意なだけだった。

茫漠とした学生生活を送る中、軽い気持ちで受けた「適職診断」の結果で「医療、福祉、サービス業、公務員」が向いていると出た。それで今勉強していることが最も活かせるものと言ったら……一番最後のものだろう。多少景気が上向いてきた世の中とは言え、公務員は未だに人気がある。それでも決して馬鹿げた大それた夢ではない。同じ大学からも何人もの先輩が国や地方自治体に就職している。目標として不足はないんじゃないか。

きっかけは、そんないい加減なことに過ぎなかった。

ずっと地元では肩身の狭い思いをしていたから、就職を機に実家を離れようと思った。どうせなら自分の好きな場所——思い出の場所を目指そう。単純かつ幼稚、それだけに力強い理由が自分を突き動かした。

採用試験では、筆記は問題なくクリアしたものの、面接では上がってしまい、正直もうダメだと思った。だが結果として、決して低くない倍率をくぐり抜け、自分が一員として選ばれた。何故なのかは未だによくわからない。ただ、入庁直後に飛ばされた支局では、三年勤める間に「言われたことは文句を言われないようきっちりやるし、なんだかんだで仕事も早い」という評価を得た。だから、曲りなりにも採用担当の目は節穴ではなかったのだろう。

「桜田《さくらだ》さん、順番ですよ」

眼の前にいる老人に話しかけられ、ハッとなって顔をあげた。ここは、江戸の面影を今も色濃く残す旅籠《はたご》町。その鄙《ひな》びた風情の景色の中に溶け込むように佇む碁会所の一角で、面目なく頭を掻いてから黒い碁石をやぶれかぶれに置いた。

建物を出ると、視界にふわりと薄紅の花弁が踊った。近くの山に植えられたヤマザクラだろう。ヤマザクラは品種がバラバラで、ソメイヨシノよりも開花が早いものから、大型連休近くになるまで咲いているものもある。まだ雪も溶けきってないこの季節に咲くとは、早い種にしてもちょっと気が早すぎる。

入庁してまる三年。もうすぐ四年目で、今度の四月からは今いるのどかな地方支局から本庁へ転勤となる。

世間の人が思うほど仕事は楽じゃない。出世にもさほど興味はないし、する見込みもない。けれど辞めるほどの不満もないからきっとずっと勤めるだろう。融通の利きづらい性格も、とにかく慎重で冒険ができないところも、前例や慣習を重んじる職場の気質と、よく合っていた。それに、学生時代には表情に乏しいと散々揶揄されたが、愛想笑いもそこそこ板について来た。

感傷に浸れる気分ではない。新しい配属先では何を任されるだろう。面倒な案件を押し付けられなければいいが、と最近さらに細くなってしまった胴回りを撫で、青々としたやまなみにため息を投げかけた。

「私だって、本当は
君をずっとさがしていたよ」

第一章「アキラさん」

「終点です。足元に十分お気をつけてお降りください——」

車内にアナウンスが流れた。停車してドアが開くと、勤め人、高校生、観光客、様々な格好をした乗客に続いて一番最後に降車した。

改札を抜けると、バスターミナルへと続く長い階段を下り、地上階に降り立つ。まぶしい春の光の中、鳥のさえずりよりもかしましい女子高生の群れが目の前を通り過ぎた。

特に感慨もなくその風景を眺めていると、目の前を飛んでいく羽のある昆虫が横切った。

（あ、蝶だ……）

ひらひらと羽をなびかせる姿に不意にどきりとさせられる。

そうか。あれから、七年も経ったんだな。

未就学児が小学生になり、卒業してしまうよりも長い時間。だけど、思い出はところどころ色褪せてはいるけれど、未だに忘れてはいない。

街の風景は、ところどころテナントが入れ替わっているが、あのときとほとんど変わらない。

それは高校を卒業し、大学入学を控えた春休み。ちょうど今いる場所での出来事だった。

「それじゃ、浩己《ひろき》。新幹線が出る十分前までにここに戻ってきてね」

改札近くの待合室で母親に言われ、浩己は「うん」と素直に頷いた。祖父の古稀の記念で、祖父母と母親と姉と自分、それと母親の妹である叔母とその息子の七名で、温泉旅行に来ていた。

十分に祖父母孝行をしたあと、地元に帰る前にお土産を購入したいという姉、母、叔母、従弟の四名と、「はしゃぎすぎたのでゆっくりコーヒーでも飲みたい」という祖父母と別れ、団体行動で疲れた浩己はひとり街を散策することにした。

コインロッカーに荷物を預けて、ふらりと見知らぬ街に踏み出す。

旅って意外に楽しい。よく知らない場所を、ふわふわと漂う非日常感。RPGの主人公にでもなったみたい。箱を開けたらモンスターか金貨が飛び出してきそうな、そんな感じ。

途中で、道に迷ったらしき外国人に声をかけられた。彼らが持っていた簡易な地図を頼りに目的地であるホテルまで拙い英語で対応しながら送る。

good-bye と手を振り、旅行が無事終わるよう、そして楽しいものであるよう祈りながら別れる。そしてふと街を見回して、気がついた。

(……って、駅、どこ……？)

「来た道を引き返せばわかるだろう」と思って適当に歩いていたらまんまと迷ってしまった。着ていたマウンテンパーカのポケットを探る。だがスマホは入っていない。

そういえば、さっきロッカーに預けたリュックのほうに入れたんだった。しかも財布も見当たらない。これもうっかりロッカーに入れてしまったらしい。

どうしよう、と周りをきょろきょろしていると、前を通ったジャージ姿の男子中学生に顔をまじまじと見られた。続いてやって来た中年男性もなにか言いたげな視線を自分に投げかけていた。

なんだろうと反射的に顔の下を手で覆った。湿った感触がした。まさかと思って指の先を確かめると、鮮やかな赤い色で染められていた。


鼻血。

はなぢ。

ハナヂ。


浩己はさらにテンパった。こんなところで小学生のとき以来の鼻血を出してしまうとは。ありえない。スマホも財布もない、さらにティッシュなんかどれだけ探したって出てこない。まさに最悪のタイミングだった。

目の前を歩いていた女子高生が、こちらを見ながらクスクスと笑っていた気がした。羞恥に顔が熱くなってくる。

「すみません、助けてください」そう言って見知らぬ人に声をかけられる人間だったらどんなに良かっただろう。そんなことを考えている間にも、指は、手のひらは、赤く染まっていった。

そんなときだった。

「ねぇ」

誰かが話しかけてきた。焦りながらも少しだけ目線を上げて確認する。

光沢のある黒いワンピースを着た若い女性だった。首元には青みがかったストールを巻いていた。

この人にも鼻血を見られただろうか。罵られる場面を想像し背中にきゅっと力を入れたときだ。

「これ、使う？」

女性が白い布を差し出してきた。ハンカチだ。

想定外の展開にしばしあっけにとられ、何も返事ができなかった。

「血、これで拭きなよ」

「え……っ」

「これもうボロボロだから。あげる」

多少強引に手元にハンカチが押しつけられる。本当にいいんだろうかと気後れしながら頭を下げると、軽く鼻もとを押さえた。

「とりあえずこっちおいで。座って」

女性は浩己の手を引き、木でできた無骨なベンチまで誘導し座るよう促した。

二人で並んで腰を下ろす。白いハンカチの布地は、あっという間に赤く染まっていた。結構な出血量だ。さすがにこの量を手で食い止めるのは不可能だったろう。

「あ、あの……、すみません。た、たた、助かりました。僕、旅行中で、財布も預けっぱなしで……」

ようやく声に乗せて発するも、若干どもってしまった。浩己は生来吃音《きつおん》の傾向があった。

小さい頃はよく跳《からか》われて、ひどいときには声が全く出せなくなるほどだった。クラスメイト全員の前で、気の強い女子に喋り方をマネされ笑われたことが大きなトラウマになっている。それから成長するにつれてだいぶましになってはきたけれど、女性――特に若くて見目のよい人に対すると非常に緊張する。こんなふうにスムーズに喋れなくなるのだ。

「君、高校生？」

「あ、はい……いや、あの、この前卒業しました」

彼女は「見えないねぇ」と呟いた。子供っぽく見えるのか、逆に上に見られているのかはその言い方からはわからなかった。

そう言う彼女はいくつぐらいなんだろう。細く贅肉のない体つきをしていて、持ち物や服装のセンスは良かった。化粧のせいで年齢がわかりづらいけど、意外に自分とそんなに変わらないのかもな、と艶のある頬と目元を見て思った。

ふとこちらを見た彼女と目が合った。どき、と嫌じゃない緊張が体に走った。

気持ちを落ち着かせようと深呼吸をしていると、女性は「ちょっとここで待ってて」と言ってどこかに行ってしまった。

そして――

「あれ、桜田くん？　どしたの？　ひさびさで迷った？」

呼びかけられて我に返る。同期の滝沢《たきざわ》がいつの間にか浩己の傍らに立っていた。

「あ……、おはよ。またよろしく」

うっかり昔の記憶にトリップしていた。誤魔化すために取り繕った笑みを浮かべる。

ダメだ、しっかりしないと。昔は昔、今は今。かつてのフワフワした思い出なんか、「ここに初めて来たときの出来事」それ以上の意味はない。

「いま何課だっけ」「あいつは今度どこそこに出向になってる」などと話をしながら歩いていると、目指していた建物が見えてきた。

ぞろぞろとスーツの群れが八階建てのビルに吸い込まれていく。日陰にはまだ溶けきらない雪が残っていて、太陽の光の暖かさとは裏腹に、風はひやりと冷たかった。

＊　＊　＊

（えー……と、ここか）

県庁一階の奥にある一室が浩己の新しい職場となった。観光部の一部として、県内の市町村の観光担当との連携の上、特産品の調査などをおこなったり、県外にあるアンテナショップでの企画をするのが主な仕事、とのことだ。直属の上司である主任の田中《たなか》は、四十代ぐらいののほほんとした感じのよい男性だった。

三月中に一度、前任者と顔を合わせたものの、短い引き継ぎの時間はほとんど年度を変わってすぐの「おもてなしキャンペーン」の打ち合わせで終わってしまった。蛭《えび》子《す》という名の前任者は異常なまでにノリが軽く、日常業務については「大丈夫！　君ならなんとかなる！」とろくに説明もされなかった。この予備期間のなさは、ノーモーションで繰り出される格闘家のパンチとよく似ている。

田中にここが君の机ね、と案内される。

「それからわからないことがあったらその都度聞いてほしいんだけど、僕はいないことも多いから……」

田中がぐるりと後ろを向いた。

「おーい、たまちゃん」

呼ばれた女子が立ち上がる。髪を明るめに染めていて、化粧で目を大きくしている。派手な格好も相まって、ブライス人形のような印象だ。

「この子に聞いてもらってもいいかな。民間から来てる子なんだけど、こう見えてもすっごい詳しいんだ」

「こう見えてもは余計です」と女子が田中の腹に軽くパンチを入れた。

『向坂たま希』とネームタグに書かれている。この名前は……往年の某泣きゲー（R

18）のヒロインと同じじゃないか。
「こうさかさん……」

懐かしさに思わず呟いてしまった。すると向坂が眉をひそめながら、小声で言った。

「今、笑ったでしょ」

「え」

「やだー……、キモい」

聞き間違いかと思って向坂を見返す。すると彼女は、あからさまに汚いものを見る目つきでこちらを見ていた。

どうやら向坂には自分が考えていたことがバレバレだったらしい。……前に何度も同じ反応をされたからかもしれない。つまり、自分がエロゲを嗜《たしな》むことがバレてしまった。いや、そんなに入れ込んでやったわけじゃなくて、オタクとして一般的な教養として一度プレイしてみただけなんですルート周回とかしてませんちょっと気になってサントラ買っちゃったりしただけです……。

弁解したい思いは山々だったが、TPOを考えるとそれはできない。「どうしたの？」と田中が尋ねると、向坂《さきさか》は作り笑いを浮かべながら早口で告げた。

「初めまして、向坂です。ヤマケイ交通から出向してきてます。二十四歳、県内出身です。それじゃ、わからないことがあったらその都度聞いてくださいね～」

そう言うととっととデスクに戻ってしまった。手元には、限りなく薄っぺらい引き継ぎ書類のみが残された。

「そういえば、前任の蛭子さんって今何を……」

退職してしまったらしいが、イザというときには頼りにするかもしれない。そう思って尋ねると、田中はあっけらかんと言った。

「あー、あの人なら仕事辞めてピースボートで世界一周の旅に出ちゃったよ」

「え、ピ……？」

「『俺は世界を股にかけるでっかい男になるんだー！』だってさ。いいよねー、独身は気楽で。僕も世界中を旅したいよ」

……そういう問題じゃない気がする。とにかく、蛭子はノリが軽いだけでなく、だいぶ変人だったということは伝わってきた。

海の上ってWi-Fi飛んでるんだろうか。そもそもせっかくの旅行中に仕事の話なんて嫌がられるだろう。……ということは、連絡をしたところで無駄になるだけだ。

とにかく、出だしは何かと雲行き不安だった。

＊　＊　＊

「あ、さ、向坂さん。さっき契約書ファイリングしてたんですけど……」

「キャビネットの中に戻しておいてください」

「……やっときます。ち、ちなみに、ここの『8』、半角になってたんで、な、直しておきました」

一桁の数字は全角、それ以上の桁になる場合は半角で揃えるのが通例だ。

向坂は鼻白んだような顔をした。

「あっ、そうですか」

向坂はつかつかとやってくると「すみませ〜ん、これもよろしくお願いします」と抱えていた段ボールを浩己の机の上にドン、と置いた。週末のイベントで配るパンフレットとビニール袋が束になって入っていた。パンフを袋に詰めろ、ということらしい。時計を見ると定時の終業時間が迫っていた。

仕方ない、この部署では自分が一番新入りだ。仕事を覚えるついでに雑用もこなさなくては。それにしても、向坂は少々当たりがキツい。自分は今日日帰り出張で、さっき帰ってきたばっかりなんだけどな、とちらりと思う。

作業が終わると、机の上を何もない状態に片付けた。そして引き出しの中から出てきた頼りない引き継ぎ書類をあらためて手に取る。欄外に「まるしん味噌の広報の人はおっかないから要注意」など万が一外部の人に見られたら相当マズいんじゃないの、というようなことは書いてあるが……。

(そんなことはどうでもいいよ……)

「未完了事項：別紙参照」「継続事項：各種問い合わせへの対応　公式SNS、ブログの更新(ブックマークに入ってるやつ)　主任と課長の補佐」

一応了承印は押したものの、大雑把で不親切きわまりない。結局向坂にいちいち聞く羽目になり、「やだ〜、そんなこともわからないんですか？」と思いっきり嫌味混じりで言われたこともある。

自分ならもうちょっとちゃんと作ったのになぁ……とがっくり頭を垂れながらぺらっとめくる。

(あと、これもやらなきゃいけないんだよな……)

「北青山らいてう館　カフェコーナー用　椅子　八脚」

挟んであったのは、見積書のコピーだった。引き継ぎ書類には何も書いてなかったが、「よろしく」と付箋が貼ってある。東京都内にあるアンテナショップに、置くもののようだ。

アンテナショップは農産物などの飲食物をはじめ、地域の産業や特産品を広くアピールする場となっている。優良な木材が産出されるため、木工は県でも古くから盛んな産業の一つだ。そこで、県内の職人に設備を発注した……ということだろうか。

施工者を見ると、「高山彬《たかやまあきら》」なる人物の名前と市内の住所が記載されていた。納期は今年の十月だ。だいぶ先だがもう発注書が届いている頃かもしれない。未処理の案件は、これだけになった。

翌日向坂に「これ、知ってますか」と尋ねると「なんですかそれ」とけんもほろろだった。会議から帰ってきた田中を捕まえて尋ねる。

「あー、これね。はいはい。この人、五年ぐらい前に亡くなった『曲面の魔術師』って呼ばれた伝説の職人さんの、最後のお弟子さんらしいよ」

「はぁ……」

「蛭子さんが噂聞きつけて、お願いしに行ったんだよね。そういうわけだから、まぁよろしく」

どういうわけだよ……と思ったが、とりあえずこの人にも「新しく担当になりました」と言っておく必要があるだろう。

連絡先に記されていた固定電話の番号にかけるが「この番号は現在使われておりません」のアナウンスが虚しく響くばかりだった。

そうなると……仕方ない。アポイントを取ってからにしようと思ったけれど、直接会いに行くしかないだろう。

＊　＊　＊

郊外にある古ぼけた二階建ての家の前で、浩己はぎゅっと首元のネクタイを締め直した。

住宅街のはずれの、生け垣に囲まれた一軒家。母屋と作業場と思《おぼ》しき建物があり、開け放たれたガラス窓からは人の気配が感じられた。

さてと、インターホンはどこだろう、と玄関の前をうろうろする。ようやく見つけて一回、二回と押してみたが反応はない。誰かいるなら大声で呼ぶしかないかな、と覚悟を決めたときだった。

「へんなひとがいるー!!　ドロボーだ！」

突如、甲高い声がした。そして足元が急に重くなる。驚き確かめると、自分の右の脚に小学校低学年ぐらいの子供が絡みついて、身動きがとれないようがっちりホールドしていた。

「ちょっ……、違うって！」

「うみもはやくこいよー！　つかまえるのてつだって！」

「りく、ちょっとまってー！」

少し遅れて女の子がやって来た。

くりくりした天然パーマの、目の大きな女の子。目が合うと「うみ」と呼ばれたその女の子は、急に潤んだ視線をこちらに向けた。

「おうじさま……！」

「え」

「うみに、会いにきてくれたんだね……！」

そう言うと女の子は左脚をぎゅっと抱きしめた。

なんなんだこの子たちは。無理やり振りほどこうとしたら怪我をさせてしまうかもしれない。こんなときどうしたらいいんだろう。

まさに立ち往生。途方に暮れていると、俯いた視界の中で引き戸がガラガラと音を立てて開いた。

「どうしたんだい、有実《うみ》、璃空《りく》。中まで声が聞こえたぞ」

「おじーちゃん！」

二人が同時に叫んだので顔を上げる。作務衣《さむえ》姿の男性が人の好さそうな笑みを浮かべて、玄関の三和土《たたき》にたたずんでいた。

「こいつ、家のまえでうろうろしてたんだ！　ドロボーだよ！」

「ちがうもん、うみのおうじさまだもん！」

「こらこら、二人ともよしなさい。とりあえずお客さんを放してあげなさいね」

男性が笑顔で窘《たしな》めた。子供たちは「えー」と不満をあらわにしつつも一応指示に従った。男性がぺこりと頭を下げる。

「すみません、ちょっとばかしやんちゃな子たちなものでねぇ」

「い、いえ……。こちらこそすみません」

浩己もつられて頭を下げる。とりあえず今のところ、思っていたよりずっと腰の低い人だ。警戒しつつも、この人とだったらうまくやれるかもしれないと少し安堵した。

スーツの内ポケットから名刺入れを取り出し、名刺を男性に差し出す。

「申し遅れましたが私、こういうもので……。新しく担当になりました。高山さん、どうぞよろしくお願いします」

　すると「え」と驚かれた。

「ちがうちがう」

「……はい？」

「高山さんは僕じゃないよ」

　男性がにこにこしたまま手を顔の前で振った。見積書の住所はここに間違いないはずだが……。どういうことだ？　疑問符が頭の中に浮かぶ。

　右上の少し高いところから声がした。気怠《けだる》げな、女性の声。

「……なに？　ジンさん。今寝てたんだけど」

「あ……」

　声のほうを振り向くと、若い女性が玄関の奥の小上がりに立っていた。

　年齢は……、向坂よりは年上に見えるから三十手前ぐらいか。起き抜けらしくウェーブのかかった長めの茶色い髪はぼっさぼさ、顔も明らかにすっぴんだった。

（……ってか、格好！）

　上はキャミソールだけ、下は薄手のショートパンツ。なんとも肌色成分多めで目のやり場に困る。いくらなんでも薄着すぎる。来客に応じるために仕方なく出てきたにしても、人前に出る服装では、全くない。

「あ、あきらしゃん！　ドロボーがはいってきたよ！　あぶないからかくれて！」

璃空が女性に駆け寄った。

「え、泥棒なの？」

女性が疑念を十二分に含ませた視線を浩已に向けた。不審げな表情にまさか……と嫌な予感に背中が凍る。有実が「ちがうもん！　カレシのことわるくいわないで！」と叫んで、女性の顔がますます曇った。

「……なんなの？」

「いやいや、二人の勘違いです。実は、この方があなたに用事があるって」

「え、ジンさんにじゃなくて？」

「違いますよ。だってここあなたの家じゃないですか。僕に用事があって来るのは変でしょう」

ついさっきまで「高山彬」だと思い込んでいた男性が、女性に向かって「はい」と言って浩已の名刺を渡した。

まさかが当たった。いや、こんなときだけ的中しなくてもいいんだけど。

高山彬は女性だった。浩己は途端に背筋を強ばらせた。

（ど、どうしよう……）

どうしようったってどうしようもないんだけど。息を深く吸って吐いて、相手の出方をうかがった。

彬は腕も脚も筋肉質だが、さほどゴツい感じはしない。出るとこ出てるし肌は日に灼けていない。これでよく職人がつとまるな……と眺めていると、ぱっちり目が合ってしまった。

「へー……県の人」

妙な反応だと思ったが流した。というか、まだうまく言葉が出てこなかった。

「で、なんの用？」

彬は完全なタメ口で浩己に尋ねた。浩己はペースに呑まれまいと居住まいを正して頭を下げた。

「えー……と、は、初めまして、桜田と申します。あの、前任者の蛭子が辞め……退職しましたので、ご挨拶に伺いました。こっ……今後はどうぞよろしくお願いします」

緊張するとひどく噛んでしまう浩己だが、どうにか最後まで用件を言い終えた。

ちゃんと伝わったかな。顔を上げ、彬のほうを窺う。彬は「ふん」と鼻を鳴らすと、渡されたばかりの名刺をぽいっと靴箱の上に投げた。

「やだ。もうやりたくない」

（は？）

その言動と行動。両方に虚を突かれた。やだって。どういう意味……いや意味はわかるけど、「やりたくない」って……。

「前の人がどうしてもって言うから、あの金額でも引き受けたのに、半年間もほったらかしにしておいて。てっきりダメになったと思ってたんだけど」

「い、いいえ、そんなことになってたとは……、すみません。私も引き継いだばかりで……」

詳しいことは何もわからない。半年ということは、十月の予算提出ぎりぎりに見積もりを出してもらったのかもしれない。それからずっと連絡をしてなかったとか、そんな感じだろうか。

「そっちの都合なんか知らないよ。今さらお願いされたって、こっちにも予定があるんだよ。もっと早く連絡するとかできなかったの」

うっ……と言葉に詰まる。「本当に申し訳ございません」と頭を下げて謝ったが、高山彬はそれを無視するように言い放った。

「っていうか、職人さんも作家さんも探せばたくさんいるじゃない。もうそっちに頼めば」

「しかし……、あ、あの、発注書はもうお手元にあると思うんですが……」

「え？　そんなの知らないよ。そもそも、前の人にだって、正式に引き受けるとか言ってないし」

「まぁまぁ、彬さん」と作務衣姿の男性が宥《なだ》める傍らで、有実と璃空が「そーだそーだ」と囃《はや》し立てた。

確かに探せば同じ条件で引き受けてくれる業者はいるかもしれないが。浩己が口ごもっているうちに、彬は「ふぁ……あ」と盛大にあくびをしてから言った。

「正直引き受けてる時間なんかないんだよ。これ以上は時間の無駄だから、帰って」

「でも……」

「うっさいなあ。もう睡眠妨害しないでよ。眠いんだってば‼」

（……はぁ⁉）

これにはさすがの浩己もカチンときた。確かに連絡をしなかったのは申し訳なかったと思う。だが、見積もりを出しているということは、一度は引き受ける前提で話が進んでいたということではないのか。

それに、この高圧的な物言いといい加減な態度ときた。とても仕事を頼みたくなる人物ではない。

それでも浩己は引きつりそうになる頬をなんとか押さえながら、作り笑顔で言った。

「あー……、そうおっしゃるなら仕方ありませんね。……お時間とらせて申し訳ございませんでした」

わざとらしいぐらい深々とお辞儀をしてから踵を返す。後ろから「あきらしゃんよかったね！」という子供の声が聞こえて、ますますイラッとした。


（あーあ……、ホント来るだけムダだったな……）

家の前に駐車してあったバンへと向かう。「自分」に落ち度はなかったにしろ、敵意をむき出しにされたダメージは相当大きい。こりゃ、しばらくは引きずりそうだ。そんな予感がじわじわと込み上げてくる。

今まで県の職員として外部の団体との交渉を何度も受け持ってきた。確かに公務員へ向けられる目は民間へのそれよりも厳しく、交渉前に苦言を呈されるケースも少なくはない。だがこちらが誠意を持って話せばわかってくれる人ばかりだった。

あんな——とりつく島もない上に暴言を吐いてくる人間なんて初めてだ。

車の前にやけに大きな猫がどでんと座っている。どいてくれ、と手を叩いて追いはらおうとするも、いっこうに動く気配はない。

（猫までバカにしてくるのかよ……）

がっくりとうなだれる。ちょっと、この家と相性悪すぎないか。一体自分が何したって言うんだよ……。蛭子さん、なんであの人に依頼しちゃったんですか意味わかんないです。今頃どこぞの海の上にいるはずの前任者に悪態をつく。

「あ、桜田さん……でしたっけ。ちょっと待ってください！」

なんだろう。振り向くと「ジンさん」と呼ばれていた作務衣姿の男性が浩己の元に駆け寄ってきた。

動きを一旦止めて待つ。ジンさんは浩己の前に立つと、首元に巻いていたタオルで四角い輪郭の顔を拭った。

「びっくりされたでしょう、彬さんのこと」

「いえ……」

強く否定も、肯定もできない。ジンさんは曖昧な浩己の態度を気にする様子もなく、ひげの生えた口元をほころばせた。

「すみませんねぇ。今日ちょっとうちの師匠機嫌悪いみたいで。多分二日酔いかお腹がすいてるだけだと思うんですけど」

「はぁ……」

「前の人のときも、最初はいやいや対応してたんですけど、熱意っていうか、ノリに負けたみたいですね。こんなことになって、他人事《ひとごと》ながら残念というか」

「こちらこそすみませんでした。もし今後何かございましたら、名刺の連絡先までお問い合わせください」

本心なんて1㎎も含まれていないもっともらしい文句を口にすると、ジンさんは「ほら、こっちおいで」と猫を呼んだ。

猫は「びゃー」と低い鳴き声を発してから、ジンさんの腕に吸い込まれて行った。くそう、この猫確実にヒトを見てやがる。

車に乗り込むと、すぐにエンジンをかけてアクセルを踏み込んだ。代替案も考えなくては……着任早々、面倒臭い事態になってしまったな、とため息をついた。

＊　＊　＊

その次の日の午前中だ。

浩己がデスクで書類を作成していると、突如手で視界を隠された。

「だーれだ？」

「……田中さんですよね」

「やだ、バレちゃった？　すごーい♡」

すごいも何もこんなことやってくるおちゃらけたキャラは田中しかいないし、そもそも声でバレバレだ。おっさんのくせに何やってんだか。浩己は、眼鏡を外しレンズについた田中の指紋を拭った。

「あのさ、さっきのハッシュタグキャンペーンの件なんだけど……」

「あ、はい。ノベルティの候補が決まったので、企画書を作っておきました。先ほどメールで送ったと思うんですが……」

「えっ、もう？」

「……尚早でしたか」

「いや……、ありがと。そうだ。来週のそば打ち体験イベントなんだけど……」

「それなんですけど、すでに定員をオーバーしているので、午前と午後の部の間に、正午の部も開催できないか各位に相談中です。こちらも、提案書が今できたところです」

「あ、そう……」

田中は浩己のPCで内容をざっと見て頷いた。問題がなさそうなので一安心だ。

「で、有能イケメンの桜田くん。もう仕事慣れた？　わかんないことない？」

とりあえずいい加減極まりない引き継ぎ書類でも、向坂に冷たい視線を投げられつつなんとかやっている。

ただ、一つだけ問題があったのは……。

「あの……、この人なんですけど」

高山彬からの見積書を差し出しつつ言った。

「昨日、ご挨拶に伺ったんですが、その、ちょっと難しいと言われてしまって」

「えっ。なんで？」

「忙しくなってしまったらしくて、やっぱり引き受けられないみたいな……。ですからあの、他の業者さんに当たってみようかと……」

やんわりと結果を伝える。すると田中は急に芝居がかった大仰な仕草で目を閉じて頷いた。

「まぁ、忙しいってことは、それだけ仕事があって、注目されてるってことよね」

「え」

そんな印象は全くなかったが……。家とか古くてボロボロだったたし、少なくとも「仕事がバンバン入ってきて儲かってます！」という感じではなかった。

「桜田くん。君、三顧の礼を知ってるかね」

「『先帝臣《せんていしん》が卑鄙《ひひ》なるを以てせず、猥《みだ》りに自ら枉屈《おうくつ》して、三たび臣を草蘆《そうろ》の中に顧み……』」

「なにそれ」

「確かこんな感じの文じゃなかったでしたっけ」

「え、なに。原文記憶してんの？」

浩己は軽く頷いた。

「三顧の礼」とは「三国志」に出てくる有名な故事だ。当時一国の主であった劉備《りゅうび》が、まだ若手だった諸葛亮《しょかつりょう》を軍師に迎えるに当たり、自ら家に出向き、何度か断られた末に了承を得たという。

田中は一度咳払いをしてから、続けた。

「だからさ、あの劉備ですら有能な人をゲットするために何度か頭さげに行ってるんだよね。我々も、一度断られたからって諦めちゃいかんと思うのよ」

言わんとすることは理解した。つまり、「高山彬にもう一度お願いしに行くべし」と。墓穴を自ら掘ってしまった。

「でも、しばらく連絡がなかったことでお叱りを受けまして……」

「なるほど、ね。まー、もうすぐ五月だもんねぇ。確かにちょっと遅かったかもなぁ」

いや、自分のせいじゃないし。そもそも十月から仕事辞めるまで何もしなかった蛭子（呼び捨て）が悪いんじゃないか。尻ぬぐいばっかりさせられるこっちの身にもなってくれ……。

田中はポン、と浩己の肩に両手を置いた。

「僕ね、かねがね『現代の男子は草食系ばっかりで頼りにならん』っていう世の中の風潮はどうかと思ってるのね。君みたいに、見た目はヒョロッとしてても、中身は骨がある子っていうのも多いと思ってるんだよ」

「はぁ……」

ヒョロッとしてるって言ったな。まぁ、その通りだけど。

「とにかく、他当たるのだって大変だし、伝説の職人さんの技術受け継いだ仕事とかって興味あるし、もうちょっと頑張ってみてよ。サクちゃんの、ちょっといいとこ見てみたい♡」

あかん、この上司、自分に押しつける気満々だ。自分は見た目どおりの草食系だし、長いものには積極的に巻かれるタイプで事なかれ主義だ。買いかぶらないでほしい。

前任者も「是非に」って依頼したんなら、丸投げしたまま退職するとか無責任なことはしないでくれ。ピースボートのことといい、なんか行動の様式が若干おかしい気がする。

こりゃ、面倒なことになったぞ、と。浩己はいくら頑張っても直らなかった寝癖だらけの髪をぼさぼさと掻き乱した。

＊　＊　＊

「本っ……当ーに、先日は申し訳ありませんでした。ど、どうかもう一度、考え直してやってくださいませんか？」

情けない声が工房に響いた。浩己の謝罪を冷ややかに見つめているのはもちろん高山彬だ。今日はジンさんやその孫たちはいない。彬が工房にて一人仕事をしているところだったのは不幸中の幸いだった（今日の彬は髪を無造作に縛り、ヘビーメタルバンドのTシャツに穴の開いたジーンズを着ていた)。

低頭を続ける浩己のつむじに、彬の呆れたような声が降ってきた。

「……あなた、プライドないの？　この前『じゃ、いいです』って言ったばっかじゃない」

「そっ……それも、本当にすみませんでした。浅慮だったと反省しております……！」

プライドなら、ないわけじゃない。だけどこうやって情に訴えるのが一番手っ取り早いし他に方法がなかったのだ。顔さえ見なければ、緊張しなくて済むし、謝罪の言葉だって適当に頭に浮かんでくる。

「でも、なんでいきなりまた来る気になったの？」

「えっ……」

「上司に命令でもされた？」

意外に彬は鋭い。ドキッとしつつも浩己は頭を下げたまま首を振った。

「いや、決してそのようなことでは……。と、とにかく、是非に、という気持ちがなければ一度断られたのにこうやって頼みに来たりしないです。もちろん我々でできる限りのサポートはします。ですから、ど、どうかお願いです！」

言いながらさらに深くお辞儀をする。彬は「えー……」と言葉を濁した。

（あー、もう、めんどくさいな……！）

早くやるって言ってくれればいいのに。もうこうなりゃ土下座しかないか？

覚悟を決めてコンクリートの床に膝をついたとき、肩がテーブルの脚にぶつかり頭上からばさばさと書類の束が降ってきた。

最後に硬いモノがゴツン、と頭に当たる。

（いって……え……）

穴あけパンチだった。ぶつかったはずみですぐ近くのテーブルに積み上げていた書類が重しの穴あけパンチとともに落ちてきたようだ。

書類は請求書や光熱費などの領収書、ＤＭなどなど。

「これ、全部溜め込んでるんですか」

彬は気まずそうに顔を逸らした。

「だって、なんかめんどくさくて……。何がいるのかとかわからないし」

「とっ……とりあえずＤＭは全部いらないです。保険の追加加入書類なんかも、する意思がないなら捨てていいです。あの、確定申告はご自分でやっておられますか？」

ふるふる、と彬が横に首を振った。

「それなら、領収書はとりあえず取っておきます。……振込明細書なんかも必要ですね。封筒とかありますか？　勘定科目ごとにそれに入れておきます」

これぐらいの量なら五分で終わるだろう。てきぱきと仕分けをしていく。

すっかり片付いたテーブルを見て彬が感嘆の息を漏らす。そしてこちらを見上げた。

「君、こういうの得意なの？」

「得意というか……まぁ……」

「なんか、すごい几帳面そうだよね」

「はぁ、よくそう言われますが……」

言われることは言われるが、実のところそこまで真面目でも潔癖でもない。指示されたことはなるべくメモを取ったり、紙類は溜まる前に廃棄（必要とあればＰＤＦ化）、あとで時間に追われるのが嫌なので毎朝ＴｏＤｏリストを作ってできる予定から消化したり。わりと誰でもやってることじゃないかな、と思う。

「ねー、君」

思わずビクッと反応する。

「さっきの話なんだけど」

「さっきの、って……何ですか？」

聞き返すと、「お仕事の話だよ」と無表情で返された。

「やっぱやるよ」

「ほ、ホントですか⁉」

思わず笑顔で反応する。ああ、よかった。これで「桜田つかえねーな」と職場で白い目を向けられなくて済む。

安堵する浩己のシャツの袖を、何者かが引っぱった。

「それで、ねー……。ねぇってば。聞いてる？」

はい⁉　と顔を上げる。彬は浩己の手首をぎゅっと摑んで言った。

「君に、ちょっと、お願いがあるんだけど」

「は……」

「……君、さっき言ったよね。『できる限りサポートはします』って。ちょっと、時間があるとき手伝ってほしいんだけど」

なんのこと⁉　でも確かに言った気はする。何かかわいらしい仕草と言い方だけど……ちょっと、力つよいよ！　手首もげるよ！

「い、いい、言いました。けど……」

「ウソなの？　それなら……」

「い、いえ。ちが、ちが、違うんです」

彬が続きを口にする前に遮った。おそらく彬は「じゃ、やらない」と続けようとしていただろう。それだけはまずい。ぎりぎり、と手首がなおも締め付けられる。

「あ、あの、お金が絡んだり、利益供与っていうんですかね。そういうのは非常にマズいので、それ以外のことなら……」

「……ちゃんと話聞いてる？　時間があるとき、って言ってるじゃん。嫌なら別にいいし」

一体何を頼まれるんだろう。立場上民間との癒着はもちろん禁止されているので、あくまで余暇にプライベートな付き合いとして、という建前が必要だ。

「あのー、私もまだ勤務時間内なので……。えっ……と、とりあえず一旦戻って、また週末に来てもよろしいでしょうか」

彬はようやく手首を放すと、にこりともせずに答えた。

「うん、待ってるからね」

外から「みー」という猫の鳴き声が聞こえてきて、この状況の間抜けさを一層際立たせた。

第二章「チェリーくん」

自宅から運転してきた車を高山邸の前に駐める。社会人一年目の頃に「走れば何でもいい」と思って買った、七年落ちの中古軽自動車。週末ぐらいしか乗らない割には、もう結構な距離を走行している。

行楽シーズンは土日もイベントなどで仕事が入ることも多いけれど、今日は貴重な連休がとれた。それをよくわからん「お願い」のために潰さなきゃいけないとは……。まあいい。深く考えまい。考えたら悲しくなる。

呼び鈴を押しても家主が出てこないのは想定内だが、一応の形式として押しておく。やはり返事はない。

作業場の勝手口となっているガラス戸をノックする。

「こんにちはー……、桜田です」

戸を引くと大した力もいれずにガラガラと開いた。

「おじゃまします……」

呼びかけるが返事はない。代わりに猫の「ニャー……」というか細い鳴き声だけが響いていた。

（……来いって言ったくせに、なんでいないんだ？）

留守なのに鍵も掛かっていないなんて。防犯意識も何もあったもんじゃない。

とりあえず猫の声がするほうへと向かう。作業場の奥には居酒屋の小上がりよろしく一段高くなった座敷のスペースがあり、鳴き声はそこから聞こえているようだった。

どれ、と座敷を覗き込んでぎょっとした。

うつぶせになって人が倒れているではないか。

ふにゃふにゃの焦げ茶の髪、ボロボロのジーンズ、そして背格好……。もちろんこの家に住む女主人に他ならない。

「た、高山さん⁉　大丈夫ですか？」

慌てて座敷にあがり、呼びかけて肩を叩いたが反応がない。焦って腕をつかんで体の向きを変える。仰向けになった彬のまぶたがぴくりと動いた。

「どうしたんですか？　どこか苦しいんですか⁉」

「う……」

反応があったので、ぺちぺちと頬を軽く叩く。彬の青白い顔から、うめき声が漏れた。

「お……」

「お？」

「……なかすいた……。なんか食べたい……」

ついで「きゅるるる」という腹の音が盛大に響いた。

浩己は安堵の息をつくと同時に、如何《いかん》ともし難い脱力感に襲われた。

……この女、わけわからん。

＊　＊　＊

「よければどうぞ。お口に合わないかもしれませんが……」

そう前置きして深皿に盛られた炒飯をテーブルの上に置いた。彬はさっそく炒飯をもぐもぐとほおばっている。浩己はその向かいに座って様子をながめた。

「……美味しい」

「そ……それはよかったです」

冷蔵庫にはかろうじて卵とネギ、冷凍庫にはご飯、そして食器棚にツナ缶があり、どうにか炒飯を作ることができた。

こちらもどうぞ、とこれまたあり合わせの材料で作った豆腐となめこの味噌汁を差し出す。

彬が満足そうに「はぁ」と嘆息した。

「君、料理上手いねぇ。一人暮らし歴が長いの？」

「いえ、そうでもないんですけど……。三月まで木曽にいたので、そのとき、地域の御婦人方に教えていただきました」

「御婦人……。おばあちゃんってこと？」

「はい……年配の方が多かったですね。皆さん親切でしたよ」

「すごい」

そうですか？　と尋ねると彬はぼそぼそと答えた。

「私、お年寄りって得意じゃないから」

なんだそりゃ。

食事中に無言も気まずいので、微妙な話題ではあるが引っぱることにした。

「えー……と、どの辺が、とか聞いても……」

「なんか……、うまく言えないんだけど、やたら家柄とか世間体とかにこだわる感じとかかな。あんま話通じなくて、苦手」

結構辛辣な意見だ。あまり自分にはピンと来ないが、まぁ世の中にはそういうご老人もいるんだろう。

「僕は……、若い人のほうが、苦手、です」

消極的な性格が災いして、小さい頃はいじめとまでは言えずとも、からかいのターゲットによくされていた。そのせいで未だに同じ歳ぐらいの人間を見ると『小学校のとき意地悪だった誰それに似てる』とか考えてしまうことがある。仕事上の付き合いだったら多少割り切れるようにはなってきたが、プライベートではやはり緊張せずにはいられない。

彬が「あっ、そう」と大して関心もなさそうに呟いた。手元の炒飯はあっという間にあと一口というところまで来ていた。

「……ほんとにお腹すいてたんですね」

「いや、ちょっと徹夜で作業してて、ちょっとだけ仮眠するつもりだったんだけど……。なんも食べるもんないしいいやーって思ってたら、いつの間にかこんな時間に」

はぁ、と頷く。さっきは結構本気で心配してしまった。なんともなくて良かったが、人騒がせにも程がある。

「それなら、あの……、ご自分で料理されたりは……」

彬は首を振った。

「火、怖くて使いたくない」

「それなら、ＩＨに替えるとか」

「お金かかるしめんどくさい」

「…今まで何食べてきたんですか？」

「どうにかなるもんだよ。親切なヒトもけっこういるし」

他人の善意にすがって生きてきたということか。世の中、本当にいろんな人がいるもんだ。

そうしてまた無言で深皿を差し出してきた。お代わりがほしい、というジェスチャーだろう。ご希望どおりお代わりをよそって、テーブルに置く。

またもりもりと食べながら、彬が聞いてきた。

「そういえば、さっきから気になってたんだけど、それ、私服？」

「そうですが、何か」

尋ね返すと、彬は淡々と、だがきっぱりと言った。

「……ダサくない？」

なんてこった。思ったより豪速球で来やがった。それは、少なくとも知り合って間もない成人男性には禁句だろう。ちょっと美人だからって何言っても許されるとでも思ってるのかよ。豆腐メンタルを自認している浩己としては、なるべくお近づきになりたくないタイプだ。

今日は量販店の売れ残りで安くなっていたロングTシャツと、同じくセールで大学生の頃買ったワークパンツを穿いてきた。普段の休日に着ている服をチョイスしただけなのだが……。

「君、ファッションには全然興味ないの？」

「……服なんて、洗えて着られればよくないですか」

自分の購入基準は、値段と水洗いの可否、あとそのときの気候に合うかどうか、それだけだ。色あいとか風味とかシルエットとか、そういうぼんやりした物差しは自分の中にない。

言い切った浩己に、彬は何故か食い下がってきた。

「よくなんかない。とにかく、その格好は禁止」

「えっ？」

「これからうちに来るときは、それ着てこないでね。着てきたら速攻で脱がせて雑巾にするから」

自分だって今は汚い格好してるくせに……。言い返してやりたかったが、私服でまたここに来るようなことがなければ済む話だ。

とりあえず早く目的を達成してしまおう。まだ炒飯を食べている彬に尋ねた。

「……で、僕に、手伝ってほしいことって何ですか」

彬は口に炒飯を入れたまま答えた。

「家の片付け。君、そういうの得意そうでしょ」

なんだ、そんなことか、と安堵した。だったら最初からそう言ってくれればいいのに。「何かあるんじゃないか」とやきもきしていた時間を返してほしい。

「倉庫の古い本とかは全部捨てちゃっていいよ。あんなのどうせ読まないし。あと二階と作業場の休憩室と台所もよろしくね」

それならば、先に二階に取り掛かろう。後片付けもそこそこに、浩己は台所を後にした。

高山邸の敷地には、母屋と学校の教室ほどの大きさの作業場、プレハブの倉庫があった。作業場は母屋の台所と繋がっている。昔、祖父母の家の周りにあった農家の旧宅ってこんな感じだったな、と最初に見たときから思っていた。

建物は総じて古く、作業場の壁などは土壁だった。母屋も作りは頑丈そうだが、床材や梁などに年季を感じる。掃除も行き届いているとは言いがたく、少し歩くと埃っぽさを感じた。言っちゃ悪いが、相当ボロい。

こんな広くて年季の入った家で、彬は見たところ一人暮らしをしているようだ。なんだか曰くがありそうだが……。

いやいや、余計な詮索は禁物だ、と首を振って切り替える。

（この分じゃ、二階もヤバい散らかり方してるんだろうな……）

そんなこと、とさっきは思ったけれど、これは想像以上の難作業になりそうだ。

暗澹《あんたん》たる気分で階段へと向かう。階段は玄関入って正面のところにあるので、場所はすぐにわかった。

手すりも滑り止めもついていない急な角度の階段を一歩踏み出す。すぐに目の高さにある階段の中腹ほどに、白い布っぽいものが落ちていることに気づいた。

何の気なしにそれを拾い上げ、浩己は硬直してしまった。

（これって……）

てろてろした素材の布地には、ひらひらしたレースがあしらわれている。二枚の三角形の布地がヒモで二カ所、一カ所は申し訳程度の長さで縫い付けられている。

たぶんこれ、女性用下着。しかもいわゆる紐パンというやつだろう。

こんなに面積小さくてちゃんと下着としての機能が果たせるんだろうか。素朴な疑問が浮かんだのは一瞬だった。

（ど、どどど、どうしよう……）

気づかなかったフリして元に戻しておく……のもなんか不自然だ。かといって普段どこにしまっているのかわからない。そもそも、女性のタンスを漁ったりするのは失礼にあたるだろう。

ああ、なんでこんなにだらしないんだろうあの人。なんでこんなのが階段にあるんだよ。ともかく、こんなところを本人に見られでもしたら——。

「ごめん、倉庫の鍵見つかんないんだけど……」

突然話しかけられてビクッとする。後ろを向くと、高山彬がいた。

最悪のタイミングで彬が来てしまった。足音なんて全然聞こえなかった。この人忍者かなんかなのか。冷や汗をかいたまま下着を持って振り返った。

彬は早速「あれ」と言って浩己の右手からぶら下がっているものに視線を移した。

マズい、ヤバい、と背中に緊張が走る。

「あ、そんなところにあったんだ」

こともなげに彬が宣《のたま》った。動揺MAXで浩己は弁解した。

「すすす、すみません。みっ、見るつもりじゃなかったんですけど……っ」

「あー、うん。適当にタンスの中入れといて。二階の奥の部屋の、一番下の段が下着入れるところだから」

え、なにその反応。こういう場合、怒ったり焦ったりするもんじゃないの？

ていうか下着入ってるタンスの中入れとけって……。そこまでやらせる？

「ごめんなさい……、そっ……、それは……ごご、ご自分でささささ、されたほうが

「……」

盛大に噛みながら言うと、彬は不可解そうに「ん？」と眉根を寄せた。

「ちょっと動揺しすぎじゃない？」

「え……、え、あ、それは……」

「君、やっぱ童貞なの？」

肯定はしない。だけど態度ですっかりバレバレだ。

彼の女性との関わりは、キスが一回だけ（しかも行きずりの女性と）、あとは付き合ったこともなければ、もちろん夜を共にしたこともない。

何人かいい感じになった子はいたし、自分が積極的に出会う機会を増やそうと思えばまた違ったのだろうが。それでも基本的に女子は苦手だ。特に、デリカシーと恥じらいがなくて、自分をバカにしてくるような女性は。

憤りと羞恥に言葉を失う。彬は何が楽しいのか、くすくすと笑って目尻を下げた。

「あーごめんごめん。ちょっと刺激が強すぎちゃったかなー。そんなにびっくりされるとは思ってなかった」

「そっ、そっ、そんな……」

「あ、それ、気に入ったんなら持って帰ってもいいよ」

「あ……、え……？　勘弁してくださいっ……!!」

情けなく懇願すると、彬は「はいはい」と言って下着を受け取りひきさがった。しばらくは顔の火照りが取れずに大変だった。


「お風呂場の電球替えといて」

「あ、網戸も穴開いてる」

「買い物も行ってきてほしいんだけど」

「最近、テレビがよく映らないんだけど……。なんで？」

片付けをしている間にも、彬から次々用事を押しつけられ、タスクは増える一方だ。断ったらあのバカ力でぶん殴られるかもしれない。その恐怖も手伝って、浩己はノーと言えなかった。

だが気がつけばすっかり日も傾いていた。これ以上は、一人暮らしの女性宅に居座るのも問題があるだろう。辞する旨を屋外の木材置き場にいた彬に告げると、彼女は積み重なった木材を難なく動かしながら言った。

「じゃ、明日もよろしくね、チェリーくん」

「……は？」

尋ね返すと、彬はあっさり「明日も今日と同じぐらいの時間で」と付け加えた。

「い、いやそうじゃなくて……何ですか『チェリー』って」

彬は「ああ」と頷いて、浩己に言い放った。

「さっき思いついたんだ。『桜田』だから『チェリー』。かわいいでしょ？」

かわいくねぇよ。

絶対他意があるだろ。そんな悪意がバリバリに感じられる呼び名、どう考えたって許容するわけにはいかない。

「あのー……」

言いかけたときだ。

「あきらしゃーん！　おばーちゃんがごはん作ったからよびにきたよー!!」

「きょうはオムライスだよーっ」

突然、ばたばたと子供が乱入してきた。

「あーっ、この前のドロボー！　また来てたのかよ!!」

「やだ……っ！　うみにあいにきたのね……！　まってたんだから……！」

どこからツッコんだらいいのかよくわからない。見かねた彬が「こらこら」と仲裁してきた。

「このヒト、ドロボーじゃなくてチェリーくんだから。覚えてあげてね」

それも違う！　否定する間もなく子供たちは「ちぇりー？」「へんななまえ」と口にした。彬はこちらをちらりと見ると、悪魔のように口元だけで笑った。

（こっ……これだから三次元の女は……っ!!）

余計なことは言うし、変なことばっかり考えつくし、わがままで気まぐれだ。

一緒にオムライスを食べないか、と誘われる。腹は減っていたものの、これ以上彬《三次元》たちと同じ場所にいるのはしんどい。「そういったことはちょっと……」と言葉を濁し、そそくさと先に帰った。

第三章「桜田浩己、女難の相」

（食欲わかん……）

昼時になり、職員食堂の券売機の前でうなだれた。バランスの良い各種定食に、がっつり熱量多めの各種丼モノ……いろいろ種類はあるが浩己の指は力なく「わかめそば」と書かれたパネルを押した。ああ、結局今日も麺類か。

食堂の中は職員や出入りの人間でごった返していた。ふらふらとかろうじて空いていた席にトレイを下ろす。すると、同じテーブルに座っていたのは、一足先に休憩に入っていた向坂で、向かいにはその友達らしき女の子がいた。

「あ……、すみません」

別に謝る必要なんてないのだけれど。向坂は聞こえてないのかそのフリなのか、浩己には目もくれずに「あ、もうこんな時間」と時計を見て呟いた。

「美緒《みお》ちゃん、ちょっと外行こうよ。スタバの新作、早く行かないとなくなっちゃうって」

「あ……うん、行こうか」

そう言うと二人は慌ただしく立ち上がった。美緒ちゃん、と呼ばれた女の子がこちらを見てくすくす笑ってた気がするのは……さすがに被害妄想だ。

そばをすすりながら片手でスマホをいじり、アパレルショップのEコマースのサイトをべらべらと眺める。やっぱり何がいいのか全くわからない。万策尽きた感に盛大なため息をつく。

高山彬に私服がダサいと指摘されて以来、彼女の家へ「サポート」に伺った際にはかならず彬によるチェックが入ることになった。手持ちの服ではもちろんダメで、そこそこ頑張って選んだつもりの新しい服も及第点はもらえなかった。そしてこの前は苦肉の策として自前の作業着を着ていったが「いつもよりは悪くないけど結局置きに行ってるよね」「そういう消極的なことじゃダメだと思う」と根性論っぽいダメ出しを食らった。

あの女……ダメ出しするならするで、改善点を挙げるべきじゃないのか。そういう抽象的なことじゃダメだと思う。

ああ、あかんあかん。高山彬の口調がうつってきている。あんな人間に染まってしまったらおしまいだ。あー、もう、ただでさえ奨学金の返済でカツカツで、引っ越しでなんやかんや金使ってピンチだっていうのに、どうすりゃいいって言うんだよ……!!

「桜田くん、どうしたの？　今すっごい暗黒オーラ出してたよ？」

バン、と肩を叩かれる。ハッとして顔を上げると、上にも横にもデカい人の好さそうな男が立っていた。同期の滝沢だ。

同じ本庁に勤めているといえど、課も部も違うしお互い外回りが多い。なんだか顔を見るのは久しぶりだ。

若手職員は地元出身か、県内の大学を卒業した者がほとんどで、就職して初めて移り住んできた浩己のような者は少数派に入る。そんなレアものの浩己の、やはり数少ない友達の一人が、この滝沢春一《しゅんいち》だった。

「なんか、すごい悩みを抱えてる感じだったけど」

「……そんなんだった？」

「うん、ちょっとね。練炭とか買いに行く前に言ってね？」

滝沢はカツ丼定食の載ったトレイを浩己の向かいの席に置いた。不安げな視線が真正面から注がれる。

滝沢はクマさんっぽい体型でさほどイケメンというわけでもないが、話し上手で安定感がある。交友関係も広い。リア充特有の屈託のないオーラがまぶしい。浩己は俯きながら言った。

「いや、そこまでじゃないけど……」

ん？　と箸を割っている最中の滝沢が言った。

「桜田くん、悩みは適当にはき出したほうがいいよー。現に同期も何人か休職しちゃってるし。真面目な人ほど鬱になりやすいっていうから心配だよ」

どうやら滝沢は本気で自分が巨大な悩みを抱えていると思っているらしい。見た目が暗いと誤解されやすいのかもしれない。

ただ、自分の身を案じてくれるのはありがたい。安心させるために、浩己は笑顔をこしらえて言った。

「……じゃあ、今度、どっか食べに……」

「うん、行こう行こう。あ、今週末とかどう？　あいてる？」

若干喰い気味でＯＫされ、誘っておきながらちょっとビビってしまった。

「あんまり高くないとこで……」とお願いすると、「財布の事情なら俺も一緒だから、大丈夫」と爽やかに返された。

＊　＊　＊

「そういえば、結局プレミアムフライデーってなんだったんだろうな。いつもの金曜日と変わらないよなぁ」

「……その日だけ早く仕事終わったって、普段残業が多い人なら『どっか遊びに行くより家帰って寝たい』になるよね」

「ていうか実施に移してる企業がほとんどないもんね。『この日は早く社員を帰しましょう』『はいそうですか。わかりました』にはならないよね。罰則規定もないし。余暇が増えれば経済が回るっていう単純な考えもどうもなぁ……」

そう言っておしぼりで手を拭くと、滝沢は「すみません」と店員を呼び止めて飲み物を頼んだ。

滝沢が選んだ店は、駅に近い串カツ屋だった。「なんか桜田くん最近やつれてる気がするから」とカロリー高めのところを選んでくれたらしい。ちなみに滝沢の信念は揚げれば大抵の食材は美味くなるということで「衣と油は至高のロンダリングツール」だそうだ（言いたいことはわかるがちょっとおかしい）。

滝沢は串カツを冷えたビールでつぎつぎと流し込んでいく。半刻もするとだいぶいい感じに酔ってきたらしく、普段よりもさらにケラケラとよく笑うようになった。

いいなぁ、なんだか楽しそうだ。自分も酒が飲めたらいいのに。

いや、飲めるかもしれない。何より滝沢のように朗らかになりたいという願望が、浩己の頑なな心を動かした。

「あの、すみません、僕にもビールください」

浩己が注文すると、向かいに座っていた滝沢が「えっ？」と意外そうに反応した。

「桜田くん、飲めないんじゃなかったっけ」

「そうなんだけど……、今日はちょっと飲んでみようかと思って」

早速やってきたグラスビールに口をつける。ああ、こんな味だったっけ。もっと苦いと思ってたけど案外飲みやすい。

はぁ、とネクタイを緩める。涼しくなったのど元に、冷たいビールはするりと入っていった。

滝沢は早くも三杯目となったビールを片手に言った。

「そういえばさ、桜田くんって蛭子さんの後任なんだってね」

「えっ……」

部署も違うのに何故蛭子の存在を、そして自分が後任になったことを知っているんだろう。驚きつつ軽く頷く。

「あの人変わりもんだったからなー。俺も、食堂で食ってたらいきなり『そのエビフライ、サラダとトレードしない？　ダメ？　それならプリンもつけるよ』とか持ちかけられて。そっから会うたびメシの話題で盛り上がったけどさ。いきなり辞めるとかって、さもありなんって感じ。大丈夫？　上手くやってる？」

なるほど納得の変人ぶりだ。そして滝沢はホントにいつも揚げ物食べてるんだな、と妙なところで感心してしまった。

「あー……、だいたいはそんなにトラブルはないんだけど……」

言葉を濁すと、滝沢は瞬時に「どうしたの」とツッコんできた。嘘の下手な浩己は重い口を開いた。

「いやちょっと、いま北青山のカフェコーナーに使う設備作ってもらってるんだけど……それ関連で若干……」

「あーなるほど。ギャラでもめてるとかそんな感じ？」

「まぁ、そんなとこかな……」

浩己はぼんやりと頷いた。もちろん蛭子から引き継いだ懸案事項とは、高山彬（本人の言うところによると現在二十九歳）の件だ。思い出してまたテンションが下がる。百歩譲って休日返上でこき使われるのはよしとしよう。彬の言うとおりどうせ他に大した用事もないし。ただ、ときおり彼女が、ぼそりと、冷ややかな目線とともに放つ一言は、確実に深手のダメージを浩己に与えるのであった。


「今日も安定のダサさだね……」

「美味しいけど……、煮物に干物って。年寄りっぽいよね」

「まだ寝てたんだけど……、早起きが好きって。やっぱり年寄りだよね」

「暗い」「細かい」「空気が重い」


……似たような暴言はもう何度聞いたかわからないぐらいだし（「空気が重い」って何だよ）、呼び名も「チェリーくん」が定着してしまっている。そしてこちらが言い返さないのをいいことに、要求もだんだんエスカレートしてきている。この前は「どうしても焼き立てが食べたい」という彬のために、パンを一から手作りさせられた。

パン作りは結構楽しかった……というのはともかく、彬には他からの依頼も入っており、順番にこなしていくため自分らが依頼した椅子の納品はまだまだ先になりそうだ。

これから何週間も、あのわがままに耐えられるかどうか……。暗澹たる気持ちになってくる。そして一応「個人的な用事として行っている」ということになっている手前、周りに愚痴るわけにもいかない。

滝沢は浩己の様子から察したのか、「ああ」と深く頷いてから言った。

「相手がうちのカイシャだと、妙につっかかってくる業者とかも多いからねぇ。俺もこの前、『親方日の丸だからっていい気になりやがって』って結構こってり絞られたよ。うちは国じゃないっつの」

「滝沢くんでもそんなことあるの？」

「あるある。大アリよ。特に俺なんか絶対言い返してこなさそうな風貌じゃん？　それで得することも多いけど、たまーにそういう目に遭うこともあるんだよなぁ」

「あー……わかる。僕なんかいつもそんな感じかも」

浩己は憂鬱な気分で手元を見つめた。

「へぇ、どんな？」

「『何言ってるかわからない』とか『もっとはっきり喋れ』とか。これでも一応、ちゃんと話してるつもりなんだけど……」

つい昨日も、パンフレットの発注ミスがあり、印刷所へ謝罪の電話をかけた。その際説明がしどろもどろになってしまい「君は日本語苦手なの？　よくそんなんで役人やれてるね」と嫌味たっぷりに苦言を呈された。

……そのとき、担当者の虫の居所が悪かっただけとはわかっているが。上手く話せないのは自分にとっても最大のコンプレックスだから、指摘されると死ぬほど落ち込む。そして自分じゃない人間だったらもっと上手く対処できていたんじゃないかと考えて、ますます深い穴に陥る。

そうだ、高山彬の家に初めて行ったときもそうだった。自分のせいじゃないのに怒られて、「やらない」とキレられて……。自分にコミュ力や強いメンタルさえあれば、その後弱みを握られ、あれこれ振り回されずに済んだのだろうか。そう思うと、機転のきかない自分が心底恨めしい。

押し寄せてきた酔いに任せて思わず呟く。

「あーあ……、なんでこんな思いばっかしなきゃいけないんだろう……」

すると滝沢は平然と言ってのけた。

「まぁね、生きていくためにはね。我々は社畜ならぬ公僕ですから、県民の皆様のお役に立つのがお仕事です。世間にはいろんな人いるから、たまに変な人の相手しなきゃいけないときもあるのです」

公僕かぁ……。自分の場合、仕事だけじゃなくプライベートの時間までわがままな人の言うこと聞いて……。なんかもう、本格的に自分の運命を呪いたくなってきた。

気がつくとグラスが空になっていた。学生の頃に雰囲気に流されて飲んで、稲田堤《いなだづつみ》の駅前で自分にリバースするという悲惨な目に遭って以来ずっと忌避していたけれど……こうなりゃヤケだ。もっと飲んでやる。

滝沢に何を飲むか、と聞かれ彼のおすすめを飲むことにした。「ダメだったら俺が飲むから」ということで、日本酒に挑戦してみることにした。

キンと冷えた吟醸酒。雑味もアルコール臭さもなく、意外なほど飲みやすい。

滝沢のグラスにもなみなみとそそぐ。滝沢がにまにまと楽しそうに聞いてきた。

「あのさ、桜田くんって付き合ってる彼女とかいる?」

「……いない」

この前も他の人物に似たような質問をされた（向こうのほうがもっと下世話な聞き方だったが）。思わず眉間にしわが寄る。

異性に興味がないわけではない。でも、あれこれ手順を踏んだり気持ちを推し量ったりするのが面倒臭いのだ。苦労してまでお近づきになりたいような子はほとんどいないし、いざ話しかけようとするとうまく言葉が出てこなくなる。結果、自分の興味は二の次になり、この歳になってしまった。それがどうした、と開き直るほど大胆にもヤケクソにもなれないのが、自分のダメなところだとわかってはいる。

「どんな女の子が好みなの？」

今までの「俺の嫁」を脳内で思い返す。彼女らに共通してることは……。

「つるぺた……」

「えっ？」

あ、いや、なんでもない、と慌ててとり消す。

「いやー、実はね、うちの課の美緒ちゃんが、桜田くんのこと気になってるみたいだよ。『物静かで優しそうで、なんかいい』って」

「えっ」

意外すぎる展開。五秒ぐらい何を言われたかわからなかった。

「知ってる？　美緒ちゃんって」

「う……ちのとこの、向坂さんとよく一緒にいる……」

「そうそう、その子」

向坂と同い年で、しばしば二人でいるところを見る女子。二人とも背が低く、茶髪の向坂と黒髪の美緒の姿は対照的なアイドルユニットみたいで結構目立っていた。二人は同じ高校出身だと聞いた。

あんなよりどりみどりっぽい子が、そんなことを？　酒が回ってきたせいか、顔が勝手に火照ってくる。

「例えばの話だけど、今度二人でメシでもって話になったら行く？」

どうしよう、と困惑した。実際会ったら喋りもこんな感じだし、単に落胆させるだけのような気がする。

でも行かないなんてのはより相手に悪いし、……高山彬にモテないことをバカにされつづけている現状も、正直つらいものがある。

滝沢がこちらを見てヘラッと笑った。一応「仮に」の話だし、あんまり深く考えなくていいのかもしれない。だとしたら……。

「……断る理由がないです」

「お、意外にノリノリ？　じゃ、美緒ちゃんにそう言っておくね。電話番号とか、向こうに教えちゃっていい？」

無言で頷く。ああ、意外な展開。誰かがパルプンテでも唱えたんだろうか。そう思うと、すべてがアルコールの見せる幻覚な気がして、浩己はついもう一杯頼んでしまった。

＊＊＊

翌日は二日酔いで朝からぐったりだった。頭痛、吐き気、倦怠感のトリプルコンボが63kgの体を蝕む。やはり昨日は調子に乗って飲み過ぎた。酒はダメだ。床を這いつくばるようにしてトイレに向かいながら、もう当分は一滴もアルコールを口にすまいと、固く心に誓った。

（あー……、高山さんちに行かなきゃいけないんだった……）

今日も今日とて彬から雑用を押しつけられていたが、さすがにちょっと体が限界だ。二日酔いのような自己管理不足で約束を反故《ほご》にするのは気が咎めたが、今回だけは許してほしい。寝床からメールを送信する。

『体調不良で行けません。申し訳ありません』

するると、昼過ぎになってから彬から返信があった。

『どうりで来ないと思った』

多分、今までずっと作業をしてたんだろうな、と想像する。「いいから来い」とか「バカじゃないの」等散々なことを言われるかもしれないと戦々恐々としていたが、そこまで横暴ではなかったようだ。

立て続けにもう一件見知らぬ番号からのテキストメッセージが送られてきた。何気なくそれを開封してドキッとした。

『明智《あけち》美緒です。よく「明智光秀の末裔?」とか聞かれるけどたぶん違います(~_~;)よろしくおねがいします!』

頭痛もだるさも吹っ飛んだ。昨日の滝沢の言葉はどうやら夢や妄想ではなかったようだ。

ベッドの上で思わず居住まいを正す。こういう場合ってなんて返信したらいいんだろう。歳も近いしフレンドリーに……でもやり過ぎると馴れ馴れしくてウザいし、でもあんまり素っ気なさすぎるのも感じ悪い。いや、あれこれ悩んで待たせるのが一番よくない。スピードはどんなに丁寧な返信にも勝るのだ(ビジネス的発想)。そう、今の自分の気持ちを率直に……。

『よろしくお願いします。連絡ありがとうございます。桜田浩己です』

勢いで送信ボタンを押してしまったものの、我ながら実につまらない文章しか書けていない。

これでいいのか二十五歳。対女性スキルが低すぎないか。こんなんだから高山彬にバカにされるんだよ……とがっくりしていると、すぐに美緒から返信があった。

『こちらこそありがとうございます。うれしいです。東急の前にあるピザ屋さんが美味しいらしいんですけど、こういうのお好きですか？　http://www.....』

『よさそうですね。好きです』

『そしたら一緒に行きましょう。来週ならいつがいいですか？』

早速本題に入ってきた。世の普通の若者ってこんな感じなのか、とカルチャーショックを受ける。もう少し自己紹介っぽいやりとりが続くのかと思っていた。どきどきびくびく。期待と不安で震える指で返信する。

『来週なら水曜は早く上がれそうです』

『じゃあ水曜ですね。決定です！　実は滝沢さんに「ここがいいよ」って教わりました。6時頃にお店の前で待ってますね』

……あっさりだけど結構ぐいぐい来るなぁ。世の若者って（以下略）。

ともかく、滝沢に上手く転がされている感はあるが、女の子と二人きりで会うことになってしまった。プライベートでお食事なんて、大学生の頃片手で足りる回数あっただけだ。だいぶ気が早いけれど、なんだかもうちょっと緊張しちゃっている。

翌日の日曜はもともと移住説明会の相談要員に駆り出されていたので、彬には行けないと伝えてあった。

想定外に、暴言を浴びることのなかった週末。あまりにも心穏やかに過ぎていったものだから、ちょっと物足りないと感じるほどだった。

＊　＊　＊

水曜。

午後に突然の来客がありその対応に追われたが、なんとかほぼ定時に仕事を終わらせることができた。

今日は小回りが利くように自転車で来た。観光客と地元民をうまく避けて駅前まで向かい、有料の駐輪場に自転車を置いた。待ち合わせの手打ちピザ屋の前には約束の時間の少し前に着いた。

経済新聞の電子版をチェックしながら待つが、あまり頭に入ってこない。「ＦＲＢ

議長列伝・グリーンスパン編」というぬるい記事の出だしを五度見ぐらいしていたところで、「桜田さん」と声をかけられた。

「ごめんなさい、ずっと待ってました？」

美緒が駆け寄ってきて、自分の前で立ち止まった。美緒は女性の中でも背が低く、それに反比例するかのように声が高い。ウェーブのかかった黒髪は長く、いつも女性らしいフェミニンな服装をしているが今日の小花柄のワンピースはとくに似合っている気がする。

いえ、そんなには、と答えると、美緒はぱたぱたと手を振りながら言った。

「本当は残業あったんですけど、抜けてきちゃいました」

「えっ。い、いいんですか」

「多分ですけど、大丈夫です。普段がんばってますから。滝沢さんも『行っておいで』って言ってくれました」

滝沢くん……ホントにいい人。感謝を捧げつつ、美緒と並んで店に入った。

店内は薄暗くあまり広くなく、二十人も入れば一杯になるぐらいのスペースしかなかった。まだ自分らの他に客は一組しか来ておらず、彼らと距離を置くため端の四人がけテーブルを選び、はす向かいに座った。

お互い優柔不断で何を選んでいいのかわからなくて、結局無難に二種類あった「本日のおすすめ」のピザをそれぞれ頼んだ。

美緒は滝沢と去年から福祉課で一緒に働いているという。自分の存在は食堂で見かけたり、向坂からたまに話を聞いたりして知っていたらしい。

「お休みの日って何してるんですか？」

美緒がピザをふうふうと冷ましながら聞いてきた。

ここ最近の休日は、ちょっと公私混同な事態に巻き込まれているが、それは言えない。それまでは何をやっていたかというと……。

「そうですねー……。あの、いろんなとこ行ってます。車で」

「いろんなとこって？」

「僕……、県外出身なので、あんまりよく知らないんで、とりあえずわからないことが多いと恥ずかしいし困るなって、一応プロなのに」

なるべくわかりやすく、言い間違いしないようにしようとして、却ってわけのわからないふうになってしまった。仕事のときはこんなふうにならないのに。やっぱりすごく緊張しているのかもしれない。

案の定美緒はきょとんと目を丸くした。

「え、どういうことですか？」

「いや……えーと、つまり……あちこち行って、見て回ってるってことです」

美緒は「ああ、そういうことですか」と言って笑った。多分だけど、ちゃんと伝わってない。

せっかく誘ってくれたのに、やっぱり上手くは話せない。どうやってリカバリーすればいいのか、と気持ちばかりが焦る。結局、美緒の話にうんうん、と頷くぐらいしかできなかった。

「私、ちょっと色が黒いのがコンプレックスで」

「え、そうですか？」

「顔はお化粧でごまかしてるんですけど。地黒なんです」

比べてみればわかりますよ、と言われて袖をまくって美緒の腕と並べてみる。抜けるように白い、とは言えないが、とりたててメラニン色素が多いようには見えなかった。

「んー……、そうでもないかな」

「いや、桜田さんのほうが白いですよ」

そのとき近づけた腕が接触した。過度でないスキンシップに、童貞Lv.25（魔法使い見習い班長）の浩己は単純だけどドキッとしてしまった。

（美緒……「ちゃん」ってみんな呼んでるし、そう言ってもいいかな……）

美緒はいい子だ。そんなに派手じゃないけど小さくて可愛い。受け答えはしっかりしてるし、気遣いもできる。常識もある。かといって知識をひけらかすところもないし、斜に構えた擦れた雰囲気もない。立ち居振る舞いに若干のあざとさを感じないでもないけど、むしろ計算して行動できるぐらいのほうが、世渡りができる知恵をもっている証拠だろう。

ものすごく突出して何かがいいってわけではないけど、長く付き合うんだったらこんな子だろうな、と思う。極端に熱いものが苦手だったり、そんなところも庇護欲をそそる。おそらく、この子が本気出したら落ちない男なんていないんじゃないか。そう思うほど「可愛さ」に隙がなかった。

「最後に、アイス注文してもいいですか？　さっきあっちの人が食べてたアフォガート、美味しそうだったんです」

どうぞ、と軽く頷く。美緒は「桜田さんは葛餅とかのほうが好きそうですね」とからかうように言ってきた。最初よりは、なんとか打ち解けてきている気がする。

自分は多分……、このまま関係が深まってもいいと思っているけれど、美緒のほうはどうなんだろう。自分のことをどう思ってるんだろう。もともと向こうから誘ってきたんだし、好感触であることは間違いないんだろうけど。本心は……。

若干上の空になりつつ会話していると、ポケットの中の精密機械が震えた。誰かからメールだ。

浩己の中の基準として、連絡手段の緊急性は高い順に（1）電話（2）メール（3）手紙だと思っている。もちろん返信は早いに越したことはないが、今目の前にいる人との会話を遮ってまで確認するほどではない。だいたい「デート中にスマホをいじる」のは完全なNG行為だと、巷でよく言われているではないか。

とりあえず一旦無視だ。そして美緒が化粧室に行った隙に確認をした。本文に表示されたのは四文字だけのひらがなだった。

『たすけて』

（……何、これ）

発信元は「高山彬」だ。一体彼女に何があったのか。思わせぶりにしたいのか、それとも本気で窮地におちいっているのか、これだけでは全く見当もつかない。

とりあえず確認のために電話をかける。……予想はしていたが案の定出ない。

どうしよう。もしかして強盗か何かに襲われて、ギリギリで助けを呼んだものの、それに気づかれて携帯電話没収とかだろうか。強盗じゃなければ恨みをもった知人とか……あの人あんな性格だし、あり得ない話じゃない。

とにかく、こんなメールを受信してしまった以上、自分にもなんらかの責任が生じてしまう。そうじゃなくても後味が悪すぎる。

（あぁ……、せっかくいい感じになってたのに!!）

浩己は立ち上がるとクソ重いビジネスバッグのストラップを伸ばし、肩からかけた。急いでいるときはいつもこうして移動する。

化粧室から戻ってきた美緒に、早口で告げた。

「あ、あの、ちょっと急用ができちゃって……もう帰んなきゃいけなくなっちゃったんだけど」

「えっ」

「ごめん、さ、先に会計しておくから、え、と、アイスはゆっくり食べて。じゃ、また今度！」

申し訳なくて、美緒の目を見られないままその場を立ち去る。ホントにごめん。最後のデザートだけなのに付き合ってあげられなくて。この埋め合わせはいつかするから……ってそっちの課は忙しいって聞いてるから言えなかったけど。でも君さえよければまた誘って。心の中で懇願しながら駐輪場へと向かう。

地味にアップダウンの続く道を家まで急ぎ、自転車から車に乗り換えて彬の家に直行する。信号機のさほどない郊外の道なので、飛ばすといつもより十分近く時間を短縮できた。……もしかしたら途中でオービスに引っかかってるかもしれない。でも今はそんなことより道を急ぎたかった。

もどかしい思いで、最後の曲がり角のハンドルを切る。彬の家の前ぴったりに駐めると、車を降りて乱暴に扉を閉めた。

作業場だけ電気がついている。万が一のことを思い、通報のためスマホを握りつつ勝手口を開ける。

「……え？」

こっそり中を窺うと、殺風景なその風景の中にいたのはここの家主が一人……と、やけに大きな猫が一匹。

家主は腹を上にしてみーみー鳴く猫の前足を握りながら「がんばって」と声をかけていた。勝手口が開いたことに気づいた家主がこちらを振り向いた。

珍しく大きな手振りと声で浩己を呼ぶ。

「あ、チェリーくん！　早く来て！　もうすぐ生まれそうだよ‼」

「は、はい！」

思わず勢いよく返事をした浩己は、駆け寄って彬に尋ねた。

「ああ、あの、ぼ、僕、何をす、すれば、いいですか？」

だいぶ嚙み嚙みだったが、彬は特に「はあ？」と言うこともなくそれを受けた。

「ごめん、私もどうしたらいいかわかんなくて」

「わ……っかりました！　いま調べます！」

インターネットって便利だ。適当にキーワードを打ち込んで調べると、自宅で飼い猫が出産をしたという経験談や獣医師による助言などがすぐにヒットした。

とりあえずきれいなタオルと、消毒したはさみ……えーと、消毒用のエタノールでいいかな。それに糸……この前カーテンを縫ったからあるぞ。

「あっ、出てきた！」

彬が高い声で言った。

一旦最初の子が出てくると、テンポよくもう一匹、ぽろっとそしてもう一匹小さめの子猫が出てきた。

「えーと、胎盤の数も三つですから、もうお腹に残ってないですね。これで全部です」

「あー、よかった……」

目も開いてない毛も生えてない、ぬるっとした小さな生物。でも必死になって立ち上がろうとする姿はいじらしくてかわいい。

彬が子猫を取り上げようとした。

「あ、僕がやります」

「え……、いいよ」

「し、職人さんが、手、怪我したらよくない、です。母猫は気が立ってるって書いてありましたから」

案の定子猫を移動させようとしたらバリバリと指先を引っ搔かれた。痛い……。

濡れたタオルで子猫を拭き、一匹ずつ母猫の元へ置いた。

母猫は生まれたばかりの子猫にさっそく授乳しはじめた。三匹の猫にはいずれも異状はみられず、結構安産だった。

彬はしみじみと言い放った。

「……こいつ、妊娠してたんだね。最近なんか太ったと思ってたけど」

「こ……この子たちのお父さんは誰なんですか？」

彬はふるふると首を振った。

「知らない。うちの子じゃないし、避妊手術とかしてなかったのかもね」

「え、あ、そうなんですか？」

手伝いに来るたびに見かけるので、てっきり彬の飼い猫だと思っていた。

彬はいつもどおりのつっけんどんな調子に戻って続けた。

「よくいるよね。たくさん飼うわりにはちゃんと面倒みれない飼い主。こいつもそれっぽいんだよね。外で放し飼いだし、たまに仲間つれてるし。ご近所さんでも迷惑がってる人、結構いるみたい」

「……無責任ですね」

「無責任っていうか、何も考えてないんだと思うよ。かわいそうだからたくさん引き取っちゃうんだけど、その後のことはなりゆきっていうか。人間でもおんなじような感じの、いるじゃん」

最後の例はよくわからなかったが、とにかく飼い主が度を越した放任主義であることは間違いない。だがあくまで飼い猫は飼い主の「もの」となる。他人がとやかく言ったり、手出しできるものではない。

この子たちはどうなるんだろう……。そんなことを考えていたとき、突然彬が言った。

「今日はもう、泊まってけば？」

え、と固まった。

誰に言って……って、ここには自分しかいないか。途端にどきどき、心臓が早鐘を打つ。

どういうつもりなんだろう。探ろうとするが彬は平然としていて、いつもと全く変わりがない。

「猫も生まれたばっかりだし。君がいてくれたほうが何かと便利だろうし。私も今日はそこに寝るから」

そう言って小上がりの休憩室を指さした。「私も」ということは自分にもそこで寝泊まりしろ、という意味なんだろう。

「あの……それは……」

「別にいいでしょ。どうせ家帰ったって誰か待ってるわけじゃないし」

確かに家で待ってるわけではない、けれど。

「い、いや、その、実は……」

「実は？」

言いかけた言葉に彬がすかさず反応した。生まれたばかりの子猫がみーと鳴いた。

「ちょっと……、まぁ……、全くそういうことがないわけじゃ、ないというか……」

「え？　そういうことって？」

「その……、もしかしたら、なんですけど……ちょっと、いい感じというか……、ま、まだ、一回二人で会っただけなんで、全然わかんない、ですけど」

彬が少しだけ眉を寄せた気がした。だが、すぐにいつもの仏頂面に戻ってしまったので本当に気のせいだったかもしれない。

「どういう子？」

感情のない声と視線が向けられる。

べつにそこまで答える義務はないのだろうが、虚言と思われるのも若干癪《しゃく》で、ビビりつつも事実を答えた。

「ふ……つうの子です。付き合いやすそうな、いい子です」

彬ははぁ、と息をついた。

「君、童貞のくせにつまんないこと言うんだね。もっと『運命を感じた』とかそういうこと言えばいいのに」

なんだよそれ。そこまでバカにされたら、さすがの浩己でも黙っていられなかった。

「……感情だけで動いて、いいことなんてないでしょう。どんなに好きでも、いずれは冷めるときが来ますし、そうなったら、いかに一緒にいて苦にならないかが重要なんじゃないですか」

自分は誰かと正式に付き合ったことはない。だけど一時の激情に流されて後悔をした人の話はいくらでも耳にしてきたし、知っている。

「そんなもんかなぁ。絶対冷めるとかわかんなくない？」

「わかんないですけど……、そ、その確率のほうが高いと思います」

彬は興味が失せたようにふい、と外を向くと、「体、べたべた……」と言って母屋のほうへ行ってしまった。今日は暑かった。もう風呂に入るのかもしれない。

それじゃ、自分も御暇《おいとま》させてもらおう。ああ、疲れた。俯きながら出入り口へと向かう。

突如、ゴンッ、と鈍い音がして眼鏡が飛び、鼻先に衝撃が走った。続いて頭がフラフラする。転倒しないようその場にしゃがみ込んだ。

（い……ってぇ!!）

顔を玄関の扉にぶつけてしまった。あまりに大きな衝撃音に、彬が駆け戻ってきた。

「何か今すごい音しなかった？　大丈夫？」

「だいじょうぶ……です……」

「大丈夫じゃないじゃん！　血、出てるよ」

え、と尋ね返すよりも早く、ぽた、床に血が滴った。

こんなところでまさかの鼻血。俯いて鼻を押さえていると、彬が箱ティッシュを持ってきて、浩己の横に置いた。

重ねたティッシュで鼻を拭う。すぐに血でぐちゃぐちゃになって新しいものを引き抜いた。

「またずいぶん派手に出したね。粘膜弱いの？」

呆れたようなトーンが耳にいたい。猫の出産シーンなんて、ちょっとグロいのを見てのぼせていたのだろうか。とにかく久々にやらかした。

「いや……久々に。七年ぶりぐらいです」

俯く視界の隅で、床を拭いていた彬が動きを止めた。

「それって、どこで出した？　家？」

いつもより早口で彬が尋ねてきた。首を振って返した。

「大学入る前の春休みで、ちょうど家族旅行でこの辺りに来てて……、帰りの新幹線まで時間があるなぁって、駅の近く歩いてたときに突然出しました」

言いながら出血を確かめた。まだまだだけど、ちょっと少なくなってきたかな。

新しいティッシュをドローする。何故かずっと様子を見守っていた彬が、唐突に呟いた。

「やっぱ、今日は泊まっていきなよ」

「は……い？」

「いいから、休んだほうがいいよ」

いいから、じゃなくて。

なんでそんなに引き留めたがるんだろう。このヒト、自分で何を言ってるのかわかってるのか？　見ないようにしていた薄着の首元が目に入り、慌てて目を逸らした。

「い、いいいいや、あの、ホント、何かあったらマズいんで……！」

拒否の意向を示すも動揺の隠せない浩己に、彬は冷静にツッコんできた。

「何かって？　たとえば？」

「え……？　ええっ!?　あ、いや、その……、ぼ、僕も一応、男なんで……」

「そんなのわかってるよ。女には見えないし」

そういう意味じゃない。でも、なんて言ったらいいかよくわからない。

彬が顔を覗き込むように体を寄せてきた。猫のような目が自分を見据えている。女性らしい甘い香りが鼻をかすめる。ゆるくTシャツの首があいていて、鎖骨のあたりの白い肌がちらりと見えた。

柔かそうな、唇、頬、そして胸。触ったらどれくらい気持ちいいんだろう。気にならないと言ったら嘘になるし、本当は……ちょっと前から衝動を抑えるのに苦労していた。

ああ……、もう、今日ぐらいは、自分に正直になっても、いいかな……。


(……って、ちょっと待て。これって同意になるのか?)

いやいや、ならんだろう。このヒトが言ったのは「泊まってけ」「そんなのわかってる」「休んだほうがいいよ」ぐらいだ。これを「ことに及んでも良い」と解釈するのは日本語として間違っている。何を考えているかさっぱりわからないこのヒト(高山彬)のこと。もしかしたらこれは巧妙なハニートラップかもしれない。ってことは、うっかり挑発に乗って胸でももんだら強制わいせつ。もしも「出入りの職員に抱きつかれました。一体どういう倫理規定になっているんでしょうか？」とか県民ホットラインに投書されたりしたら……。

アウト。

「……も、もう遅いんで、帰ります！　この子たちのこと、よろしくお願いします！」

視線を強引にふりほどき、鼻にティッシュを詰めたまま逃げるように立ち去る。

車を急いで発進させる。大通りで赤信号に捕まると、一度大きく深呼吸をした。

（あー……、危なかった……）

ハンドルを握る手がじっとりと湿っている。冷静になれ、と言い聞かせるも、未だに混乱は収まらない。

どうにかこうにか自宅へ戻る。立ち止まると二度と起き上がれない気がして、何も考えないようにしながらシャワーを浴び、髪の毛も乾ききらないまま布団の上に身を投げ出した。

充電のためスマホを鞄から取り出す。特にメールやメッセージの類は来ていない。

そうだ、と思い出した。まずは美緒に改めて謝罪をしなければ。

『先ほどはすみませんでした。無事に帰れましたか？』

しばらくして返信が来た。

『気にしないでください。私もあのあと仕事思い出して戻りました』

……あれ、残業しなくていいって言われたんじゃなかったっけ。腑に落ちないものを感じつつ、さらに返信した。

『ホントにすみません。今度またお詫びさせてください』

次へ望みを繋げるべくすぐに書いて送るが、反応はない。ああ、やっぱり怒らせてしまったか……。

眼鏡を外してごろごろとのたうち回っていると、今度は彬からメールが送られてきた。

『ネコはみんな寝た』

そっけないほどにいつもどおりの文面。一言でいいから「ありがとう」とか「ごめん」とかあってもよくないか？　こっちはアンタのせいでぎくしゃくしてるっていうのに……。やりきれなさでスマホを三回ほど枕に叩きつける。そして、「そんなことをしても何にもならない」と気がつき惰性でメールを打つ。

『一応飼い主探して連絡をとっておいてください。明日、何かあったら獣医さんのところにつれて行ってあげてください』

送信ボタンを押して三十分後、ようやく一件の通知があった。どっちからの返信だろう。ドキッとして飛びつく。

「メールが届いています。発信者：桜田純子《じゅんこ》」

おかんメールだった。タイミングがタイミングなだけに、人騒がせ感著しい。内容としては、来月に自分の従弟が遊びに行きたいと言っている旨が書かれていた。結局自分のことを気にかけてくれる異性って、母親しか存在しないんだろうか。なんかもう、いろいろあった一日の終わりがこれだと、ぐったりする。

ああ……ホントに自分ってイケてない……。

第四章「Error」

一

ピンポーン、と呼び鈴がなり、急いで玄関のほうへ向かった。テレビでは、夜のスポーツニュースが流れている。

解錠し扉を開けると、でかい楽器を背負った長身の男子が、ぬるい夜の匂いを纏《まと》いながら立っていた。

「ヒロくん久しぶり。ごめんね夜遅くに」

「あー、うん、大丈夫。いつも、これぐらいなら起きてるから……」

晋《しん》は、浩己の母親の妹の息子、つまり浩己の従弟にあたる。

自分とは似ても似つかないイケメンの晋だが、一人っ子ゆえか幼い頃はやたらと自分を慕ってきた。顔を合わせれば「ヒロくん、ヒロくん」とカルガモのように後をくっついてきたものだ。そんな晋も浪人を経てこの春から大学生になっている。すっかり、大人になったものだ。

お腹すいてる？　と尋ねると、大丈夫、サービスエリアで食べてきたから、と晋が答えた。どうやら晋は高速バスを使ったらしい。晋は荷物を六畳の部屋の隅へ置くと、バスで縮こまったらしい関節をバキバキと鳴らしながらほぐした。詳しくは聞いてないが、趣味でやってるバンドのライブがあるとかで、こちらに来たらしい。

「はいこれ、うちのお母さんから。『浩己くんこれ好きでしょ』って」

差し出されたのは晋の地元・千葉の洋菓子店で売っている梅昆布茶だった。実際大好物なので有り難く受け取り、代わりに用意していた紙袋を本棚の下段から取り出した。

「た、大したもんじゃないけど……。もし良かったら持って帰って」

袋の中には、県のキャラクターであるかぶりものクマのグッズを入れておいた。ストラップ、おかき、それにUSBメモリーとステッカー。一応あんまりかさばらないやつを用意したつもりだが、どうだろう。一応メモリーとステッカーは非売品だ。

晋は「えっ！」とこちらがびっくりするほどの大声を上げた。

「これ、理彩《りさ》ちゃんが大好きなんだよー！　ありがとヒロくん。ホントにもらっていいの？」

「え、あ、うん。もちろん、持って帰って」

「やったー……。さっそく理彩ちゃんにＬＩＮＥ送っておこ。あ、でもやっぱり、会うまで内緒にしといたほうがいいかな……」

理彩ちゃん、というのは晋がやはり小さい頃から思いを寄せている年上の女性だ。確か自分と同い年か少し下だったか。自分がまだ小学生だった頃、叔母の家である晋の実家に遊びに行ったとき一度だけ会った覚えがある。当時の記憶しかないが、おとなしくて控えめで、どちらかというと自分と似たような感じの人種だったような気がするが……。

「その、まだ仲いいんだね、理彩ちゃんと」

「うん。今週は会えなかったけどさ。つぎの週末いっしょに潮干狩り行くんだ。そのとき持って行くよ」

にこにことそう語る。結局美緒とはあれ以来進展なし、他の女子との親交はもちろん皆無の浩己には、結構堪えるものがあった。

しかし、どうやったらそこまで年上の女性と仲良くなれるのだろうか。少し気にはなったが敢えて口にはしないことにした。

晋が風呂に入っている間に、部屋を片付けて布団を敷いた。もともと自分が使っている一組しか家にはないので、そちらは晋に使わせて自分は登山に使っているマミー型の寝袋に寝ることにする。フローリングの床は硬いが、下にござを敷けば一晩ぐらいならどうにかなる。

風呂から上がってきた晋は、並べられた布団と寝袋を見て、何故かぱちぱちと手を叩いた。

「なんかさ、こういうのって楽しいよね。修学旅行みたい」

クールな見た目にそぐわず、晋は案外おしゃべりだ。消灯してからも、始まったばかりの大学生活、バイトでの失敗、そして「理彩ちゃん」のことについてなど、数珠つなぎに話題を替えていく。

「……晋くんは、ホントに彼女のことが好きなんだね」

ちょっと羨ましい、という気持ちを言外に含ませて呟くと、晋は急に寝返りを打って浩己の顔を暗がりの中で覗き込んできた。

「ヒロくんは、『蝶々さん』に会えた？」

「え……っ」

「あの、昔、おじいちゃんとかといっしょに旅行ったじゃん。あのとき鼻血出したとき助けてくれたっていう女のヒト。あの人に会いたくて、こっちで就職したんじゃないの？」

どきどき、からのバクバクが止まらない。よくそんなの覚えてるな。従弟の妙な記憶力の良さに不意を突かれた。

「い、いや……、それは……。そんな、あ、会えると思ってないし、もう、か、顔も覚えてないし」

盛大に嚙みつつそう答えると、晋は「へぇ」とあからさまにテンションを落としたようにため息をついた。

「そうなんだ……。俺、ヒロくんが大学卒業して家から出てくって聞いたとき、『あれ、もしかして』って思ったんだよね。意外に愛に生きる男なのかな、って」

愛に生きる、などと揶揄され、羞恥で震える声で弁明を続ける。

「まさか……。そんなの……、すっかり忘れてたよ」

晋は「そっか」と呟くと、暗がりの中でスマホを確認し「あ、もうこんな時間だ。そろそろ寝なきゃだね」と言って、それからすぐに寝入ってしまった。

隣からかすかな寝息が聞こえてくるが、一向に眠気は襲ってこない。それどころか、目はどんどん冴えていく。

まさか晋に「蝶々さん」のことを持ち出されるとは。忘れた、なんて大嘘だ。未だにあのときの出来事はよく覚えている。

ただ、「顔を覚えていない」というのも、半分本当なのだけれ、ど。


暗闇の中で、七年前の思い出を再生する。


あの、高校卒業後の家族旅行で鼻血を出してしまったとき、ある女性がハンカチを渡してくれた。

彼女は一旦「ちょっと待ってて」と言って立ち去ったが、実は、その話には続きがあるのだ。


「あー、ごめんごめん。意外にレジが混んでた」

鼻血を出す浩己の元に彼女が再び帰ってきたとき、彼女は右手にレジ袋をぶら下げていた。袋は薄く中身が透けて見える。中には缶チューハイが入っていた。

「いっしょには飲めないけど、血が止まるまでちょっと付き合ってよ」

「はぁ……」

浩己の横に腰を下ろすと、プシュッと音をたてて缶を開けた。

変な女の人だった。美人だし親切なのに、こんなところでいきなり酒を飲み出すなんて。もしかしてヤバい人種なんだろうか。変なことに巻き込まれなければいいけど……。途端に悪い方向に想像力が働いた。

出血が少なくなってきた。彼女は早くも酔っ払ってきたのか、とろんとした目つきで浩己を見つめ、首を傾げた。

「旅行、楽しかった？」

「は、はい、もちろん。うちの近くと全然違います。温泉気持ちよかったですし、街で食べたおしぼりうどんも美味しかったですし、山の奥にあった神社も風情があってよかったです。今度は登山にも行きたいし、まだまだ全然、見足りないです」

思わず早口で告げる。身軽な格好をしているし土地勘もあるみたいだから彼女は地元民だろう。そう思って多少大げさに称賛を告げると、彼女は浩己を見て何故か苦く笑った。

「なんですか？」

「いや……、なんか、楽しそうで羨ましいなぁって」

「何か、あったんですか？」

「……ちょっとね」

その様子から、なんらかの事情を抱えているんじゃないかと察した。酒を飲んでいるのもそのせいなのかもしれない。何か、忘れたいような出来事が、あったのかも。

「あー……もう、嫌なことばっかり……」

顔を隠しながら、彼女が言った。心の底から疲れているような、悲しんでいるような、そんな声だった。聞いているだけで、気の毒に思えてきた。

自分を助けてくれたお礼に、何かしてあげたい。ほんの少しでも、彼女の心が軽くなることを、たった一言。

「あ、あの、元気だしてください。僕は大好きです！」

「えっ？」

彼女が目を丸くして浩己を見返した。そこで浩己は自分が何を言ったのかようやく気づいた。

「あー、その、こ、ここが、です！　こんなところに住んでるなんて、すっごい羨ましいです！」

やっちまった、と浩己はまたも顔を赤くした。

誰かを励ますカッコいいこと、言い慣れてないから変な空気になってしまった。愛の告白だと思われたのかもしれない。そんなつもりで言ったわけではないのだが。

彼女の目元が不意に細くなった。そしてその目尻から、ぽろ、と透明なしずくが落ちた。

ぎょっとした。なんでここで泣く？

何か拭くもの……って、自分は持ってないんだった。それに彼女のハンカチは自分の血がべったりついてしまっている。

あたふた、気は焦るし前を通る人に変な目で見られるし……ホントに何があったんだろう。わからない。どうしよう。頭の中ぐちゃぐちゃだ。

(でも)

とりあえず、今するべきなのは。

着ていたマウンテンパーカの袖をまくって、長袖Tシャツの袖を伸ばした。あまった袖を彼女の目元に近づけた。

ぽん、ぽん、と軽く押すように水分を吸収させた。擦ると化粧が落ちてしまいそうなので、そっと。

ハラハラと彼女は泣き続ける。助けてくれた恩もある。だけど、それだけじゃない何かが、浩己に彼女を置き去りにするなと告げていた。

そのうちに彼女が呟いた。

「付き合わせちゃって、ごめんね。旅行中なのに」

「あ、謝んないでください。悪いこと、してないですから……」

自分はいたいからここにいるだけだ。ただ、この人のそばにいたい。それだけの理由でとどまっている。

「僕も、何もできないですけど、心配、なんで」

「……心配？」

「はい……。でも、そのうち、絶対、いいこと、ありますから」

こんな綺麗で親切で、優しい人なのに、嫌なことばっかり遭うなんておかしい。

誰かがきっと見てて、幸せを運んでくれるだろう。

手をそっと握られた。恥ずかしさのメーターはすでに振り切っていた。旅先だからいいか、とその手を握り返した。もうそろそろ戻らなきゃいけない時間なのかもしれないけど、遅刻してもいいからそばにいたかった。

「私が泣いてると君は行けないんだね」

「い、いえ……そういうわけじゃ」

「ううん、でも、もう大丈夫。もう泣かないから。今、何時かわかる？」

「あー……と、はい」

名残り惜しい思いで手を離し湿った袖をまくって腕時計を確かめた。時間を告げながら、浩己はかすかな違和感を覚えた。

「で……携帯電話とか持ってないんですか？」

今どき他人に時間を尋ねるなんて珍しい。浩己の素朴な疑問に、彼女は軽く首を傾げた。

「充電きれちゃって。……これから知り合いと待ち合わせなんだけど」

先ほど泣いていたことが嘘のような口調でそう言った。

「やっぱ時計ないと不便だよね」

「そ……したら、これ、あげます。使ってください」

手首に巻いていた時計を外し、女性の手のひらに載せた。自分は駅まで戻ればスマホもあるし、なくても平気だ。

「……」

彼女はじっと手の中を凝視した。プラスチックのちゃちなデジタル時計。雑貨屋で買った安物ではあるが、時間を確かめるのにはなんら問題はない。ハンカチのお礼と失言の挽回に、と思ったが……

「あ、やっぱこんなのいらないですよね。す、すみません、忘れてください」

こんなおしゃれな女性に、安物の時計をあげるなんて差し出がましいもいいところだ。またもやらかしたか、と繰り返す後悔に耳まで熱くなってくる。

手のひらから時計をいそぎ回収しようとしたとき、彼女はパッと時計を握り、そのまま背の後ろに隠した。

「いらなくない。もうもらったから返さないよ」

「い、いいんですか、本当に」

「うん。結構かわいいじゃん、これ。じゃ、そろそろ行くね」

空になった缶を持って彼女が立ち上がる。座ったまま深々と頭を下げた。

「あ……、はい。ありがとうございました」

一歩踏み出す前に彼女がこちらを振り返った。ぐっと腰を屈めて、こちらに顔を寄せてきた。

「また、来てね」

内緒話でもするようなトーンでささやく。息がかかりそうなほどの距離に、心拍数が一気に上がる。

しどろもどろで尋ね返す。

「あ、あの……」

「……だいすき」

「は……ええっ⁉」

「なんでしょ？　ここが」

……一瞬「大好き」なんて言うからびっくりしてしまった。どうやら彼女は人をからかうのが好きらしい。そんなこと言われたら冗談でもドキッとしてしまうのに、彼女は涼しい顔であたふたする自分をくすくす笑っている。

再び彼女の鼻先が近づいてきた。今度こそ何を言われても驚かないぞ、と背中に力を入れる。

（えっ）

唇が、触れている。多分、目の前の人のものと。

「……じゃあね」

何を返していいのかわからずにいるうちに、彼女は羽ばたくようにそのまま視界から消えてしまった。動揺のあまり、呼び止めることもできなかった。

それから遅れること二分ほどして、浩己もようやくベンチから立ち上がった。

自分の血で汚れたハンカチに目を落とす。折りたたまれた部分には、さりげなく蝶の刺繍が施されていた。

（あの人、なんだったんだろ……）

その後、家族と合流し、無事新幹線に乗り込んだ。

当たり前のように自分の隣に座ってきた晋が、握りしめていた血の付いたハンカチを見て「なーに？　それ」と聞いてきた。

「あー……、実はさっき、鼻血出しちゃって」

ええっ、と驚いた晋に、ぼそっと付け加えた。

「それで……通りすがりの人が、これくれたんだ」

「あ。そーなんだ。よかったねぇ。どんな人だった？」

何気ない質問。無難な言葉で言うならば……。

「……若い女の人。なんか、変な人だった」

キスされた、なんて絶対言えないけど。助けてもらった経緯や、ちょっと不安定なのかいきなり泣かれてこまったことをかいつまんで話した。

すると晋は「蝶々のハンカチをくれたヒト」を略して「蝶々さんだね!!」と勝手にあだ名をつけた。

まだ、頬のあたりが熱い。晋は遠慮というものを微塵も含まずに聞いてきた。

「ねー、ヒロくん。蝶々さんのこと、好きになっちゃったの？」

「い、いや、ぜんっぜん。そそそ、そんな……」

「えー、いいなぁ。ヒロくん。俺もヒロくんといっしょに行けばよかったー」

そんなでかい声で言わないでくれ……と晋を窘める。他の家族は、うまい具合に寝ていたので会話を聞かれずに済んだ。

本名も素性もわからない、優しくてちょっと変な女の人。「お礼したいんで」と連絡先ぐらい聞いておけばよかったのだろうが、そんなのは高校を出たばかりの自分には思いつかなかった。

ちょうちょう、ちょうちょう、菜の葉にとまれ、菜の葉に飽いたら桜にとまれ。まさに摑みどころがなくて蝶みたいだった。といっても、街でもよく見るモンシロチョウじゃなくて、写真でしか見たことのないアサギマダラ。日本だと高い山に生息するという、美しい羽の蝶。多分、着ていた服の色のせいだろうけど彼女もそんな感じだった。おぼろげな、記憶だけど。

ここのところは忙しくて、彼女のことを思い出すことが少なくなっていた。だけど、自分の心に深く棲みついているのは間違いない。完全に忘れることも、多分ない。でもまた会えるという保証はどこにもない。むしろ、手がかりもないし再び会える可能性などほとんどない。ハンカチもどこかになくしてしまった。

このまま、どうすることもできないまま、ただ「若い日のいい思い出」として風化していくのを待つしかないのかもしれない。

それでも――。

突然ぶぶぶ、と万年マナーモードのスマホが震えた。晋を起こさないようにしながら内容を確かめる。

彬からのメールだった。淡い思い出に浸ってしんみりしていた気分が、急に現実に引き戻された。

『このねこ、一匹もらい手がどうしても見つからない。うちで飼っていい？』

……何故それを自分に聞く。好きにしたらいいのに。

少なくともこんな夜中に送ってくるメールじゃないよなぁ。そう思いつつも、うっかり本文を見てしまった者のつとめとして、すぐに返信した。

『いいんじゃないでしょうか。かわいがってあげてください』

『わかった。とりあえず段ボールに入れてる。あとミルクぐらいしか用意してない』

おそらくこの文章の意図は「あとの準備はお前に任せた」ということだろう。はいはいわかりましたよ、と指を動かす。

『今度行くときまでに、必要なものを調べて準備しておきます』

『よろしく。いつ来られる？』

『土日は用事があるので、金曜の夕方に伺います』

そう送ったきり、彬からの返信はなかった。否定されなければ了承。そんな暗黙のルールもわかりつつあるけれど。

（ほんとに横暴だよなぁ……）

あんなんじゃ、顔は悪くなくても男が寄りつかないの当たり前だよな。思った途端にすぐ後悔した。

自分も他人のこと、言えた義理じゃない。

＊　＊　＊

職員食堂でたぬきそばをすすりながら、今一度スマホに打ち込んだリストを確認した。

（猫砂、買った。ペットシーツ、買った。離乳食、買った……）

今日は彬の家に行くと言った（送った）金曜日だ。領収書もちゃんととってある。あとでちゃんと請求しないと。

子猫の育て方を検索し、出てきたサイトに貼られた写真にほっこりする。動物の赤ちゃんって本当にかわいい。生まれたばっかのときはぬるぬるしてたけど、今はもふもふしてるんだろうか。ちょっと楽しみにしている自分に気づき、いやいや冗談じゃない、と顔を引き締めた。

時計を確かめる。まだ時間はあるけど、そろそろ一階に戻ろう。今日は残業したくないから、やれることはやっておかないと。問い合わせメールの返信なんかはちゃっちゃと済ませてしまおう。

自分のデスクに座り、ノートPCに電源を入れる。起動を待っていると、スマホ片手に田中が近寄ってきてポンと肩を叩かれた。

「桜田くん、今日の夜って何か用事があるかい？」

週末だしお食事の誘いだろうか。でもちょっと表情が険しいし様子が変だ。

「すみません、今日は所用が……」

「あっ、そうなんだ。わかった」

何があったんだろう。

「どうしたんですか？」

「いやー、ちょっと、君に会いたいって奴が帰国してるらしくて……。あっ、でも大丈夫。若い子の週末の邪魔なんかしちゃいけないよね!! 桜田くんはデートだって言っとくね!!」

そう勝手に解釈すると、そのままスマホにかかってきた着信に応じるため外へ出て行ってしまった。

一体、誰からのお誘いだったんだろう。気にはなったが、結局真相はわからないまま、その日の業務が終わった。

一旦帰宅すると、休むことなく車に乗り込み、彬の家へ向かった。

夏至を過ぎてもまだ日は長い。容赦なく差し込んでくる西日に目を細めつつ、ハンドルを握る。

彬の家の前までたどり着くと、いつも駐車するスペースに海外製のSUVが停まっていた。誰か来客だろうか。珍しいな、と思いつつ少し離れた場所に車を駐めた。

作業場の入り口にぽつん、と見慣れないものが置いてあった。近づいて見てみると、子供サイズの背もたれのある椅子だった。作ったばかりなのだろう。傷も日焼けも全くない。

（……こんな感じ、なんだ）

彬が作ったものの完成品をちゃんと見るのは、実は初めてだ（今まではタイミングが合わなかった）。そのつるりとした表面や、しなやかなカーブ、シンプルだが無愛想すぎないデザインに目を奪われた。

しゃがみ込んでもっとよく見ようと顔を近づけた。そのとき、作業場の中から声が聞こえた。

「……じゃあ、しばらく中国行ってくるから。何かあったら連絡して。メールなら毎日チェックしてるし」

男の声だ。思わず身を硬くした。

「あー……。わかった。それじゃ」

「それと、詳しい資料は後で送るよ。……で、あの人、最近は来てない？　大丈夫？」

「もういい加減諦めたんじゃない。ここんとこは電話もない。平気」

彬の声はいつもより元気がない。

「そういえば彬、郵便出しておいてほしいのって何？」

「あ、忘れてた……。ちょっと先行ってて」

引き戸が開き、背が高く痩せた男が中から出てきた。だいたい四十歳ぐらいだろうか。

向こうもすぐに浩己の存在に気づいたようだ。「あ」と驚きに動きを止めていた。

「えー……と、君は……」

「あ、初めまして。私は……、その、高山さんにお仕事を依頼している者です」

慌てて立ち上がり、一応ポケットに入れていた名刺を差し出した。着替えるのが面倒で、仕事用の服のまま来たのが幸いした。

「へー、県庁の桜田さん、ね」

不躾な視線を注がれる。一瞬眉を顰めると、それに気づいた男が「ああ、ごめん」と言った。

「僕は中野《なかの》っていいます。彬の……知り合い。名刺はごめん、今、持ってきてないんだけど」

「いえ、大丈夫です」

知り合いって一口に言うけどどういう関係なんだろう。さっきも呼び捨てにしてたし。お兄さんかなんかだろうか？　でも名字が違う。

「それじゃ、これと、そこにある段ボールお願い……ってチェリーくん。何しに来たの」

彬が戻ってきた。ちょっと、他の人の前でその呼び名を口にしないでよ。焦りつつ答えた。

「今日伺うとメールしたはずですが」

彬が「あ、そうだったっけ」と答えた。微妙な空気の中に、中野が割って入る。

「結構荷物あるね。桜田さん。ちょっと車まで運ぶの手伝ってもらっていいかな」

「あ、はい」

「ごめんね、ありがとう」

面倒ごとを頼まれたが、こういう態度なら悪い気はしない。それに引き替え……浩己は彬を一瞥してから、段ボールをよっこいしょと持ち上げた。

中野と並んで荷物を運ぶ。中野は先程の子供用の椅子を片手に、もう片方で自らのバッグを持っていた。

「どんな仕事あいつに依頼してるの？」

「えーと……、東京の北青山にうちの県の店があるんですが、そこで使う家具を数点頼んでいます」

「あー、あそこね。何回か前を通ったことあるよ。お役所のやってるとこにしては、外観とかコンセプトとかセンスあるよね」

あ、ありがとうございます、と頭を下げると、中野はSUVのトランクを遠隔キーで開けた。

「でもあいつに新規の仕事の依頼って。大変じゃない？　わがままばっかでしょ」

そりゃーもう……と思ったけれどここで肯定して「あそこの職員は取引先をディスる」という噂でも流されたらマズい。

「いえ。私どもは高山さんに引き受けていただいて本当に良かったと思っています。高山さんの作品は、本当に素晴らしいですからきっと我が県のイメージ向上に役だっていただけると……」

荷物をトランクの中に下ろし、適当にそれらしいことを言って並べると「桜田くん」と言葉を遮られた。

何、と動きを止める。中野に肩を叩かれ、そしてぐいと顔を近づけられた。

「あんまり、踏み込みすぎたらダメだよ」

口調は軽いが目は笑っていない。

どういう意味だ？　全く意図することがわからない。

「それじゃ。また様子窺いにくるね」

荷物を積み込み終わると、中野は一方的に言い残し、車のエンジンをかけてすぐに出て行ってしまった。

排気ガスをまともに被る。げほげほと何度か咳き込むと、ＳＵＶの走り去ったほうを見て呟いた。

「……なんだったんだ今の」

「へー、いろいろ買い込んできたね。なにこれ、ねこじゃらし？」

＊　＊　＊

母屋の廊下に置かれたホームセンターの袋の中から、彬は先のほうにファーのついた細い棒を目敏く見つけ、それをパタパタと振ってみせた。足元にあった段ボールの中の子猫がぴくりと反応した。彬はさっそく猫にファーを近づけたり遠ざけたりして遊んでいる。その間に、浩己は猫用トイレの用意をした。

どこに置けばいいか、と聞いたところすぐそこの玄関を上がったところでいい、と言われたので、足を引っかけないよう極力隅っこに寄せた。

子猫のほうから物音が聞こえなくなる。箱の中を覗き込むと、早くも疲れてしまったのか、ぼろぼろの毛布の上で灰色の体を丸めてすーすーと寝ていた。

「この子って、三番目に生まれた子ですよね」

「そう。ちょっと鈍くさいんだよね。お客さんが見に来たら寝てたり、エサ横取りされたり。アピールが下手だから、もらわれそびれちゃったみたい」

彬が言うには、生まれてすぐに三者……ならぬ三匹三様の個性があったそうだ。一番目は言うことを聞いて手間いらず、二番目はおめめくりくりのアイドル系、三番目が目つきも悪く無愛想で、痩せっぽっちのこの子だった。

「名前は？」

「……まだ決めてない。にゃーにゃーとか呼んでる」

それでええんかいな。これから長年飼うことになるというのに、ちゃんと責任を持って育てられるんだろうか。非常に不安だ。

「あの、猫砂の処理の仕方なんですけど……」

「え？　あ、あとでいいよ」

「……すぐ終わるんで、聞いてください。大事なことですよ」

浩己が付け焼き刃で覚えた「子猫の飼い方・育て方」をしぶしぶ聞きながら、彬は「あーあ」と盛大にあくびをした。顔色も良くないし、表情はいつにもまして生気がない。

また、睡眠も食事もとらずに作業をしていたんだろうか。気になって尋ねた。

「ずいぶん、お疲れですね」

「いやー……急に子供用の椅子一個お願い、って言われちゃって。徹夜で作業して、さっき仕上げて渡したところ」

あれ……と妙なひっかかりを覚えて、動きを止めた。

「なに？」

「あ……、いや、順番にやってるんじゃないのかなって」

入出金の伝票や書類の管理は手伝うこともあるが、スケジュール管理は彬が担っている。彬は悪びれることなく言い放った。

「しょうがないじゃん。断れなかったんだもん。ホントならあいつの頼みなんか聞きたくないよ」

「『あいつ』とか、頼んでくれた人のこと言っちゃダメです」

思わずツッコむと、彬は子供のようにふてくされた。

「それで……、入金はいつですか」

「ううん。今回はタダ。ちょうど乾燥してあってあまってた木があったし」

ずいぶんな優遇ぶりだ。なんで……と葛藤が芽生える。

「そんなに重要な、取引先なんですか」

「え、別に。前から知り合いってだけ。付き合いは長いけど」

「……ホントにそれだけですか」

思いがけず剣呑な響きが自分の口から出て、自分でも驚いた。

「彬」と慣れ親しんだ感じで呼んでいた中野。「あいつ」呼ばわりしている割には、厚遇している気がする。

もしかして、さっきの男に個人的な思い入れがあるだけじゃないか。ちょっとオジサンだったけど女性ウケの良さそうな雰囲気だったし……何故だろう。邪推がとまらない。

「仕方ないんだよ。昔から仕事回してくれたし」

「それだと、ちゃんと頼んでる人にとって不公平じゃないですか？」

「そんなの、注文してくれた人にはわかんないよ」

「ぼ……僕にはわかるんですけど」

あの男の依頼はすぐに聞いて、自分は何度も休日を潰して雑務を手伝わないとやってもらえない。前任者の落ち度やそれまでの人間関係はあれど、そんなふうに露骨に差をつけられたらいくら自分でも嫌味の一つは言いたくなってしまう。

「あんたんとこのやつはまだ先なんだからいいでしょ。ちゃんとやるって」

「そういうことじゃないです。職人の技能と時間が掛かっているんだから、対価はきちんともらったっていいですよ。付き合いがあるからタダ、なんていいように利用されるだけです。徹夜で仕事したりしてるのに」

急に仕事を入れたら、計画も生活のリズムも大幅に狂う。一匹狼のフリーランスは信用が第一で、体調管理には人一倍気を遣うべきだろう。そのことを彼女はちゃんとわかっていないのだろうか。

「そんなにいろいろ言われても、すぐ切り替えたりできないよ。私、君みたいに頭よくないし」

「それは……言い訳じゃないですか。話ぐらいは理解できたでしょう。前から思ってたんですが、高山さんは少し、気まぐれがすぎませんか。もう少し、仕事も生活も、しっかりされたほうが……」

「うっさいなあ……！　そんなふうに言うんだったら、もう来なくていいよ！」

ぴし、と空気が凍った。しまった、と思ったが遅かった。

「仕事も他に依頼すれば。だいぶ渋い金額だけど、今からでも探せばやってくれる人もいるんじゃない」

「ちょっと待ってください、それだけは困ります！」

なんて説明すれば……と小声で付け加えると、彬は急に醒めた口調で言った。

「わかった。……納期に間に合えば文句ないんでしょ。そのかわり、もう何も言われたくない。いろいろいちいち、うるさいんだよ」

「そ……それじゃ、なんのために今まで片付けとか、やらされてたんですか」

「それもさ、無理やり手伝いに来いとか言ってないよね？　用事があるならそれ以上詮索とかしないし。個人的に、暇なら来てくれたら、って言ったはずだよ」

そんな言い方ってあるだろうか。こちらの立場が弱いことは明白で、嫌だと言えないことを知ってて自分をうまく利用していただけじゃないか。

「でも……」

言いかけたとき、「もういいよ！」と遮られた。

猫の入った段ボールを抱えて、彬は立ち上がった。玄関から入ってくる逆光のせいで、どんな表情をしているのかはわからなかった。


（ああ……、もう……）

がっくりとうなだれる。仕事は引き受けるって言ってくれたし、結果的には何も問題はないのかもしれない。

それでいいんだ。それでいいんだ。なんか心が痛いのは一時の気の迷いだ。言い聞かせながら力なく玄関へ向かい、靴を履く。

作業場の前を通る。しゃこしゃこしゃこしゃこ。鉋《かんな》の刃を研ぐ音だ。窓の隙間から中を覗くと、彬は作業場の隅に取り付けられていた水道のところにいた。

横顔は真剣そのものだ。とてもじゃないけれど話しかけられる雰囲気ではない。

とぼとぼと工房を出る。車に乗る直前で、ちょうど遊びに来た有実と璃空がまとわりついてきた。

「おーい、ドロボー……じゃなくてチェリーだっけ？　すんごいしょんぼりしてんなー。あー、わかった。あきらしゃんにフラれちゃったんだろー」

「えーっ、だいじょーぶ、うみは、てりーさんかっこいいとおもうよ！」

なんだかおマセというか耳年増というか……。今時の子供ってこんなもんなんだろうか。浩己には見当も付かなかった。

「ねーねー、てりーさん、うみがおくさんになってあげる！」

ちら、と下のほうを振り返る。

「……神様って、意地悪だよなぁ」

「はぁ？」と、璃空。

浩己はしゃがみ込んで、二人に目線の高さを合わせて言った。

「ジンさんはいる？」

「おじいちゃん？　いまとなりの人のいえでおしゃべりしてるよー」

ならば仕方ない。もう自分はここに来ることはないかもしれない、けれど。

「それじゃ……とりあえず、彬さんに『ちゃんとご飯は食べて、寝てください』って言っておいてくれない」

「それいったらけっこんしてくれる？」と、有実。

思わず苦笑する。

こんなに小さくても、他人のことを案じて心配できるのはすごいことだ。あの人と猫のことはどうかよろしく頼んだ、と二人に託し、手を振って車に乗り込んだ。

＊＊＊

自宅アパートに帰ると宅配ボックスに荷物が届いていた。

（何、頼んだっけ……）

なじみのない業者の名前が印刷された段ボール箱。大きさのわりに重量感がある。

一応部屋まで持って帰り、開封する。

「あ……」

ネットの口コミで評判がよかった猫用の離乳食だ。近くのホームセンターにもドラッグストアにも売ってなかったので、通販で注文したことを思い出した。

もちろん彬の家の灰色の子猫のために買ったものだった。

何やってんだ、と頭を抱える。今となっては無用の長物になってしまった段ボールの中身。間抜けさも滑稽さも、今の自分みたいだ。

明日は土曜だけど地方に出張、あさっては同僚の結婚式。ヘコんでる暇はない。だけど今は、自己嫌悪の深い穴に、どこまでも落ちていきたい気分だった。

第五章「消えた星に願ったことは」

アップにした髪、きらびやかなドレス、濃いけれど過剰ではない化粧で飾った女性たちがちらりちらりと目配せをしている。そして、男性陣もそんな彼女たちの値踏みをひらりと躱《かわ》しながら、爽やかに談笑をしている。

圧倒的場違い感の前に身をすくめていると、隣に座っていた女性が尋ねてきた。

「すみません、最初、何飲みますか。ビールでいいですか」

「あ……、ウーロン茶お願いします……」

今日は同期（でも年上）の結婚式に出席し、今は二次会だ。幹事の滝沢が創作和風料理の店を貸し切りで予約した。

乾杯の合図で、周りの参加者とグラスをぶつけ合う。控えめにグラスを差し出しながら、浩己は周りをそれとなく観察した。

男女の割合はだいたい半々。既婚者の上司らは早々に帰ってしまい、参加したのは若手ばかりだ。席の移動も自由とのことで、披露宴よりもぐっとカジュアルな感じの——学生時代の飲み会に雰囲気は近い。

要は、浩己の最も苦手とするタイプの会合だ。それでも滝沢が「なるべく来てほしい」と言ったので断れなかった。

何の意図なのか、最初は男性と女性が交互に配置されており、そのせいで周りに話せる知り合いもいない。食事はさっきの披露宴でしっかりごちそうになったし、お酒も飲めないし。これは結構な苦行だな……思いながら近くでやりとりされている会話に薄い笑いで合わせた。

「桜田さんは、何か趣味とかあるんですか？」

隣の女性が尋ねてきた。新婦は学生時代チアリーディング部に属していて、今は地元のデパートで働いているという潑剌《はつらつ》とした美人だ。なので友人もまた同じようなタイプが多く、彼女もそのうちの一人だ。浩己はドキッとしつつ返した。

「えー……っと、あの、本読んだり、映画見たり、たまに登山したり……」

「映画ですか。何がお好きですか？」

「あー……、三井しえる・ゴン鳥居さんのコンビのが好きで……」

そうなんですか、で会話が止まってしまった。

話しかけてくれるのはありがたいけど、スベったあとのこの空気がつらい。向こうが気を遣って聞いてくれているとわかっているだけに、自分のニッチな趣味とコミュ障っぷりが惨めになってくる。

こういうときどうしたらいいんだろう。同じように尋ね返せばいいんだろうか。この子の趣味……聞いたところで全然わかんないだろうなぁ。

何を喋っていいかわからずまごついていると、向かいの空いていた席に、二次会から参加の向坂が座った。

「おー、ハナちゃん久しぶり。元気だった？」

「あ、向坂先輩。お久しぶりです。もう、仕事が忙しくて大変ですよー」

どうやら今話しかけてきてくれた子と、向坂は知り合いだったようだ。今日の向坂は、カラコンにつけまつげと、ばっちり盛っていて見た目にも攻撃力が増している。

二人は「あの駅伝大会で先生チームが……」など学生時代の思い出を話している。

さすが地元のコネクションというか。世間ってやっぱり狭いんだな。そんなことを思いつつ会話をなんとなく聞いていた。

「そういえば、美緒さんは今日来てないんですね」

隣の女子が言った。そういえば向坂と美緒は高校時代の同級生だったな、と揚げそばをぽりぽりと食べながら思い出した。

「うん、そうなんだ。今日踊りの発表会とかで、来られなくて。二次会ぐらい来ればよかったのにねぇ。彼氏が幹事やってるんだし」

「……え？」

思わず口に出して反応してしまった。

聞き違いだろうか。浩己が戸惑いながら正面を向くと、目が合った向坂はわざとらしく首を傾げて見せた。

「あれー、知らなかった？　美緒ちゃん、滝沢くんと今、付き合ってるんだよ」

……そうだったのか。今の今まで知らなかったけれど、言われてみれば納得だ。

恋の相談に乗ってもらっているうちに、相談相手のほうに心が傾いてしまう。……よくある話だ。自分には全く経験がないけれど、「世間はそういうもんなんだ」ということは知識として知っている。

当の滝沢は端のほうの席で盛り上がっていた。知らない人同士でもすぐに仲良くなれるし、嫌な感じも全くしない。彼のほうが、コミュ力もあるし性格もいい。自分なんかよりも美緒にずっとお似合いだ。だから仕方ない。

そっとため息をついたとき、向坂が声高に言い放った。

「ごめーん。桜田さん、美緒ちゃんのこと好きだったもんね。ショックだった？」

「え、あ、そうなんですか？」

隣の女子がびっくりしたような目で浩己を見た。瞬間、カッと顔が赤くなる。好きだったなんて、そんな……でも全くの間違いかと言われればそれは違う。デートの誘いを受けてあれこれ妄想してたことは間違いない。

「えー、なんか、楽しそうな話してるッスね」

ノリの軽そうな見知らぬ男が向坂の隣に座り、会話に入ってきた。向坂は酒の入ったグラスを傾けながら、浩己を指さした。

「あ、うん。このヒトね、どうも狙ってた子にフラれちゃったみたい。噂によると誰とも付き合ったことないんだって。かわいそうだよね〜」

誰だよその噂流したの。問い質したかったが、食いつくと火に油を注ぎかねない。沈黙は金だ。浩己は黙って耐えることを選んだ。

「えー、マジっすか⁉　そんな顔してるのにもったいない。誰か、この中に好みの女の子とかいないんですか？　頑張って落としましょうよ！　二次会っつったら、出会いの宝庫じゃないですか〜」

ハハハ、と会話を漏れ聞いていたのか、周りが沸き立った。

イジリはヒートアップする。

「それともあれっすか、やっぱ二次元のほうがいいとか？」

「だめだよそんな見ればわかること聞いたら（笑）」

どき、どき、どき。やたらと自分の鼓動が大きく感じた。空調が利いているはずなのに、顔も耳も熱い。額と手のひらに汗が滲む。

これは、本格的にダメかもしれない。あれだ。小学生の頃吃音をからかわれたときと同じ。鼓動が速くなる。呼吸が浅くなる。

いっそのこともう帰ってしまおうか。でも席をはずすにしても、今帰ったら向坂に当てつけていると思われるかも。実際当てつけたい気持ちはやまやまだが、あんまり露骨に振る舞ってしまうと、明日から職場の雰囲気が悪くなってしまう。

スマホで時間を確認する。あと一時間耐えれば……でも結構地獄だ。

「すみませーん、桜田浩己、いますか？」

突然入り口のほうから女性の声がした。ハッとなって振り返る。

　そこにはノースリーブのワンピースを着た女性がいた。遠目に見ても華やかで綺麗な人だ。

　あそこです、と尋ねられた人が浩己を指さした。女性は柔らかそうなウェーブの髪を揺らしながらこちらに向かってくる。

　女性が浩己の横で立ち止まると、ざわついていた場の空気が少し静かになった。浩己は呆気にとられたまま彼女を見上げた。

「よかった、探しちゃった」

　上気した頬で浩己に笑いかける。その女らしい服装、艶やかなメイクや髪型は馴染みがないが、声や顔立ちは高山彬とよく似て……いや、間違いなく本人だ。

　なんでここに。場所を教えてないどころか、そもそももう彼女のほうから繋がりを絶たれたはずだ。意味がわからない。

「ど……、どうしたんですか？」

　困惑しながら尋ねると、彬はふにゃふにゃと揺れながら言った。

「近くで飲んでたんだけど、なんか飲みすぎちゃった。送って。今日車だよね？」

「そうですけど……あの、その、どこまで送れば……」

「えー、家までにきまってるじゃん。一緒に帰ろ。猫も待ってるよ」

意味深ともとれる台詞とともに、彬が浩己のワイシャツの袖口をくいっと引っぱった。周囲の人間が「何事か」と色めきたつ。浩己は彬を邪険にするわけにもいかず、つられて立ち上がった。

「桜田さん、まだ途中ですよ？　帰るのなんて失礼じゃないですか？」

とりあえず彬に話を聞くため一旦退席しようとすると、向坂が咎めた。

すると、浩己が言い返すよりも早く彬が言った。

「あら、お嬢ちゃん。もしかしてうちの子に気があるの？　ごめんねー。この子、誰にでも優しいんだ。だから勘違いさせちゃったかな？」

「はぁ？　違います！　ただ同じところで働いてるだけです！」

「だったら別にいいじゃない。あんたんとこは休日まで同僚のやることに口出しするの？」

「それは……」

「ね、お嬢ちゃんも早くいい人みつかるといいね♡」

彬は浩己に腕を絡めながら、ぷに、と頬をつついて見せた。煽られた向坂の顔が真っ赤になる。

「あの、さ、向坂さん、この人は……」

言い終わる前に「しっ！」と人差し指を突き立てて制した。そして耳元でささやいた。

「いいから、早くここ出よ。ね？」

歩き出すと早速彬の足元がフラついた。転ばないよう慌てて正面に回り込んで受けとめる。どこかで嗅いだ甘い香が鼻をくすぐった。と同時に彬の腕が浩己の背中に回された。

「――っ!!」

ざわついていた場の空気が、急に水を打ったように沈まり返った。

衆人環視の中、抱き合う形になってしまった。職場の人もたくさんいるのにこんなに注目されちゃって。びしばしと突き刺さる視線が痛い。

彬を支えつつ後ろ足で後退しながら、入り口付近へと向かう。いつの間にか下座にいた滝沢と、彼と一緒にいた新郎に告げる。

「すみません、用事ができちゃっ……」

「あー、わかったわかった。そんなに見せつけないでよ。明日同じネクタイでもツッコまないから安心して」

そうじゃなくて、せっかくのめでたい席を中座する無礼を詫びたいのだが……彬がない人生だっただけに、どれくらいの影響があるのかてんで予想もつかなかった。
とにかく、しばらくは噂のタネにされそうだなぁ……。今まで浮いた話など一つも
「早く」とばかりに腕を引いてくる。「ごめんなさい」ともう一度丁寧に謝った。

＊＊＊

通りに出ると、彬はようやく浩己から離れた。足取りは多少ふらふらしているが、歩けないというほどではない。夏の夜風が、火照った首元を通り過ぎていった。

彬は手に持った長いストラップのバッグを振り回している。ぶんぶん。だいぶご機嫌のようだ。

「びっくりした？　周りの人すっごいガン見してたねー」

「……ホントに驚きました。高山さんも今日街に出てきてたなんて知りませんでしたし」

「うん。急に誘われたからねー。うちのほうバスの最終早いし、どうやって帰ろうかと思ってたから、君がいてよかった」

自分はタクシー代わりか。ホントにこの人は……と浩己はフッと笑みをこぼした。

しかし、彬は何故あの場にあのタイミングで現れたのだろう。自分に「もう来るな」と言ったのはほんの二日前のことで、しかも結婚式にも二次会に行くとも教えていないはずだ。不可解な出来事の連続に、浩己は「あの……」と前置きしてから尋ねた。

「どうして僕のいるところがわかったんですか？　特に何も言ってなかったはずだと思うんですが……」

するとと彬は少し決まり悪そうな顔をして答えた。

「蛭子から聞いた」

「え」

意外な人物の名前に、彬と同じように浩己も口元を歪めた。

蛭子……って、自分に仕事を丸投げしてピースボートに乗りに行った、自分の前任者だ。

「あの人、世界一周してたんだってね。帰ってきてジンさんのところにお土産持ってきてて。三人で飲みに行こうって無理やり連れ出された。付き合いきれなくて途中で抜けちゃったけど」

「それで、居場所は……」

「ああ、あそこで二次会やってることは、滝沢くんとかいうヒトから聞いてたみたい。私らがいたところから近かったたし、君がいるなら送ってもらえるかな、って思って寄ってみたんだ」

それで恋人同士のような小芝居を打ってまで自分を連れ出したのか。もう少し穏便な方法もある気がする。けれど、

「あの、実は……さっき、僕もちょっと助かりました」

「え？」

三歩ほど先を行っていた彬が立ち止まり、こちらを振り返った。

「ホントはああいう場、苦手なんです。友達の誘いを断れなかったから出たけど、お酒も飲めないし、初対面の女の人となんか、何喋っていいかわからないし。早く終わらないかな、ってそればっかり考えてました」

今にして思えば、ちょっとからかわれただけだったのに、必要以上にテンパってしまった。とりあえず、自分にはああいう「出会いの場」的な雰囲気は向いていない。痛いほどよくわかった。駆け引きしたり、あれこれ気を揉むぐらいなら彬の言うことを聞いていたほうが、ずっと楽だ。

自虐的に笑うと、彬も同じぐらい微かな温度で笑った。

「マジメだねぇ。適当な理由作ってサボっちゃえばよかったのに」

「サボっていいんでしょうか。主役の方に悪くないですか？」

「いいんじゃない？　自分が逆の立場だったら、嫌々来てほしいとか思う？」

「確かにそうですね。盛り上がれる人だけ来て、って思うかもしれません」

　ぼそっと彬が付け加えた。

「……すっごい帰りたそうな顔してた」

　……ということは、彬は自分が困っていたことに気づいた上であの場に現れたのだろうか。そんなことをしても、彬にはなんのメリットもないはずだが。

「頑張ろうとするのはいいけどさ、こういうのは無理なら無理でいいんじゃない？　空気読むのも大切だけど、それじゃ自分がすり減っちゃうよ」

　自分にそれができるだろうか。誰かの誘いを断って、失望される。あの表情の急変する瞬間が怖い。だから向いていないとわかっていながらも、適当に合わせることしかしてこなかった。その結果、得るものは特になかったが……。

　参考にさせてもらいます、と言うと、彬は再び左右に揺れながら歩き出した。ワンピースの裾が夜風にひらひらと靡《なび》いた。

「そういえば、そういう服も持ってるんですね」

持ってるよ、と素っ気なく返された。冠婚葬祭用には見えないけれど、シンプルでいて体のラインを綺麗に見せるいいデザインだと思う。

「街まで出るのに、汚い格好してくわけにはいかないから」

「いつもと全然違うので、最初誰だかわかりませんでした」

何故か彬がぷい、と横を向いた。もしかしてじろじろ見過ぎてしまったのかもしれない。

「あ、車、あれだよね」

彬が車を指さした。駐めていたコインパーキングに着いていた。遠隔キーで鍵を開ける。

助手席に乗り込むなり、彬はすぐに目をつぶってしまった。遅れて運転席に乗る。

……密室となってどきどきする。

彬を起こさないようゆっくりアクセルを踏み出す。窓の外はきらきらと賑やかなのに、車内は静かでエンジンの音しかしない。

ハンドルを握り法定速度で走りつつも、どこか上の空でいた。いろいろ考えるなってほうが無理だ。

彬はどういうつもりなのか。向坂や滝沢には思いっきり誤解されただろう。本当のことをあとで話しておいたほうがいいんだろうか。でも酒の席のことだしあんまりほじくり返さないほうがいいのかな……。

（……って、ここ、どこ？）

窓の外には馴染みのない風景が広がっていた。見たことのない建物、店。かろうじて車通りはあるが、全く現在地がわからない。

いつの間にかうっかり道を間違えていた。普段とは出発点が違うのと、もう何度も行った場所だからとカーナビを使わなかったのが裏目に出てしまった。

なるべく気づかれないようゆっくりと減速し、路肩に駐車する。

カーナビを起動すると、空気を読まない音声が「完全に停止してから操作してください」と勝手に喋り出した（このアナウンスが流れてからでないと、操作ができない）。

助手席からすーすーと規則正しく聞こえてきていた寝息がぴたっと止んだ。

「……あれ？　もう着いた？」

やっぱり起きてしまったか。

「ち、違うんです。ちょっと道に迷っちゃって……」

焦る浩己を横目に、彬は「ふーん」とリクライニングの座席から、上半身を起こして窓の外を見た。

「あ、そうだ」

横から彬の手が伸びてきて、カーナビの操作を邪魔される。

「なんですか」

「ん？　いや、いいこと思いついたんだ」

なんだろう。訝る浩己をよそに、彬は勝手にナビに目的地を入力してしまった。

「この通りに走って」

「……どこまで行くつもりですか」

「いいからいいから。一時間もかかんないからさ」

「はぁ……」

曖昧に頷く。まさか犯罪行為に巻き込まれたり……いや、完全に思いつきっぽいのでその辺は大丈夫だろうと思うが。

ナビに従い、どんどんと車通りの少ない山道へと分け入る。目的地に着きはしたものの、周りは何もない。彬は再び寝てしまっていたので「着きましたよ」と控えめに声をかけた。

「あー……、じゃあ、あの橋のところで駐めて」

清流が流れている。「P」と書いてあるのでここで休憩をとるドライバーも多いのだろう。

言われるがままに停車すると、彬はシートベルトを外して車から降りてしまった。慌てて追うように降りる。彬は橋の欄干にもたれかかっていた。

「──後ろ、見てみて」

「あ……っ」

思わず声が出た。

広がるのは満天の星。天の川まで見えた。

「綺麗だよね。この辺、うちのほうからそんなに離れてないけど、すごいたくさん見えるんだ」

「すごい……」

空を埋め尽くす何千、何万の星に、ため息しか出てこない。

理由なんか説明できなくても、ただ本能的に美しいと、ずっと見ていたいと思えるものがあって、それのひとつがこの星空なんだろうと思った。

「……ちっちゃい頃さー」

何百光年も先を見ながら彬が語り始めた。

「お母さんと二人で、山のほうに住んでたんだけど。嫌なことがあると、こっそり抜け出してよく星見てたんだ。近くにスキー場があってね。そこの近くからだとよく見えたんだ。私が中学生の頃、そこもつぶれちゃったんだけどね」

彬が自分のことについて話すのは初めてかもしれない。もっと聞いていたかったが、彬は突然こちらを向いて、長い腕で空を指さした。

「チェリーくんは、こんな星空見るの初めて？」

「いえ……」

「あ、そうか。春まで木曽にいたって言ってたもんね。見慣れてるよね」

確かに見える星の数で言ったら、もっと規模の大きな星空は見たことがある。

でも……。

「星の名前とか、わかる？」

「恥ずかしながら、全然」

「そっか。私もだよ。好きって言ってるくせにね」

それでいいじゃないか、と思う。理由とか分類とか、そういうのは「それが好きな人」に任せておけば。

「……ありがとうございます」

「えっ？」

「その……連れて来ていただいて。僕、こんな素敵なところが近くにあるなんて、知りませんでした」

彬は風に揺れる髪を耳にかき上げて、目を細めた。

「そうだね。チェリーくんがいつか誰かとデートするとき用の、予行練習にはなったかな」

（『誰か』って——）

きっと発した本人に深い意図はない。

でも何故か心も体も苦しい。彼女はそれで全然構わないんだろうか。さっき向坂の前で子供みたいに甘えてきたのに、意味深な発言までしていたのに。演技だったのはわかっている、けれど。

「あ、今、流れた？」

浩己の背後を指さしながら、彬が言った。急いで振り返ったがもちろん流星は跡形もなく消えていた。

「子供の頃、なんどもなんども願いごと唱えたけど、結局全然叶わなかった」

いったいどんなことを手に入れたいと願っていたんだろう。聞きたいけど笑ってるのに横顔がさみしそうで、言葉が出てこなかった。

「でも、今度こそ、って、なんか知らないけどこの歳になっても願っちゃうよね」

酔っ払ってるせいか普段より口数が多い。

この際だから聞いてみたい気がした。過去のいろんなことや、今のたわいのない感情、そして——。

「……さっきは、なんで助けてくれたんですか？」

きっと正直には答えてもらえない。なんとなく放っておけなかっただけというならそれで構わない。彼女にとって自分はどういう立ち位置にいるのか、少しでも知りたくて星明かりの横顔に疑問を投げかけた。

「私も、君には助けてもらったから」

意外な答えが返ってきた。

助けた——というのは、家の片付けやら家事を手伝ったことだろうか。

でも、どこかしっくり来ない。どう会話を繋げたらいいのか戸惑っていると、彬がおもむろにこちらを振り向いた。

「……」

「覚えてない？」

川から吹く風が長い髪を揺らした。自分を見ていた大きな瞳が少しだけ細められた。普段とは違う、可憐な、だけどそこはかとなくかなしげな表情。そして、すがるように、求めるように向けられたまっすぐな視線。

急に鼓動が早くなる。目が離せなくなる。懐かしい旋律に触れたときみたいに切ない。だけどなんの曲か思い出せない、あの感じ。

一体、これ、なんなんだ、ろう。

「あ、あ……、あの……」

もどかしい思いは上手く声に変換できなかった。彬はこちらを見上げたまま首を軽く横に倒した。

「上手く喋れなくったっていいよ」

「え……」

「好きで噛んだりつっかえたりするわけじゃないんでしょ。別に何言ったって笑ったりしないから。……大丈夫だよ」

そうして彬は柔らかく笑った。

ふわり、と体が軽くなった。地面に足がついてないぐらいの浮遊感がする。夢の中より夢のよう。さっき後ろ向きで願ったことが叶ったんだろうか。

このまま夏の夜空まで舞い上がっていきそうだ。できれば一人じゃなくて、その手をとって――。

くしゅん、と彬が小さくくしゃみをした。ゆるゆると気持ちが落ちついてくる。視覚も聴覚も、急に現実に引き戻された。

「あ……、寒くないですか？」

平地より標高の高い場所だから、夏でも夜は冷える。ノースリーブの服じゃきっと寒いはずだ。

彬は少し眉根を寄せて頷いた。

「……そろそろ、帰ろっか」

帰りの道は、行きよりもずいぶん近い気がした。

一度通って慣れたせいか。それとも――また少し道に迷ったふりでもしてしまおうか。思いかけてガソリンの残りが少ないことに気づき、バカな思いつきをすぐ却下した。

しばらく信号のない道だったが、長いトンネルを出てすぐに、信号に引っかかった。

「チェリーくんって、他に誰もいなくても信号で止まるんだね」

いつの間にか起きていたらしい彬が揶揄した。

「……ルールは守りたいんで」

らしいね、と彬が相槌を打った。それからまた、助手席からは寝息が聞こえ始めた。

＊　＊　＊

週が明けて、月曜日。

午前中に外回りを済ませて帰庁すると、普段から雑然としてる室内のムードが、さらに騒がしかった。来客だ。

「向坂ちゃーん、久しぶり♡　相変わらず性格悪そうな顔だねー」

「何しに来たんですか。仕事があるんで早めに帰ってくれませんか」

「そんなこと言わずにさ。お土産買ってきたよ♡　エジプトの呪い人形と、アムステルダムのコーヒー屋ガイド、パナマのケツァールの羽根。どれがいい？」

「何もいりません」

突如職場に現れた人物。背が低くずんぐりむっくりだが、何故かやたらテンションが高い。極彩色のTシャツが目にまぶしい。

よく見ると、服装のせいでだいぶ様子がおかしく見えるが、引き継ぎで一度だけ会ったことのある蛭子だった。

「野村《のむら》課長、田中さん、お久しぶりです。……って、田中さんは先週末会ったけど」

田中はぴくり、と頬を引きつらせた。

「あれー、庁舎には来るなって言っておかなかったっけ」

「あれは『来てね』ってフリだと思ってました♡　相変わらず空調が弱いですねー」

ぱたぱたと扇子を煽ぎながら言う。なるほど。金曜に「用事があるか」と聞かれたのは蛭子と飲むからだったのか……。そしてデスクに座ろうとした浩己を目ざとく見つけると、すぐに近寄ってきた。

「あー、桜田くん、会いたかったよ〜」

課長と田中が寄ってきて、はぁ、と盛大なため息をついた。

「蛭子さん、あなたのいい加減な引き継ぎのせいで彼は苦労してたんですよ……」

「うん、そーみたいだねー」

非難がましい視線も意に介さず、蛭子はちょいちょい、と浩己を手招きして、そのまま部屋の外へ連れ出した。

「はいこれ。メキシコのテキーラ。苦労させたお詫びにあげる」

他の人には買ってきてないから内緒ね、と付け加えた。

「私は飲めないので、遠慮します……」

「あ、そうなの？　つまんないね。人生半分損してるね」

じゃ、これでいいか、とスウェーデンのにしんの缶詰をくれた。他のものにくらべればマシな気がするので、お礼を言って受け取った。

「そうだ、ねぇねぇ、君さぁ、この前、高山彬さんにいきなりキレられたんだって？」

「あ」

蛭子はとぼけた口調ながらざっくり切り込んできた。さすがに変人と謳われるだけある。なかなか前置きナシでそこまではっきり訊いてくる人はいないだろう。

「あー、いや、そのー……、私も、ちょっと差し出がましいことを言ってしまったので……」

「気にしなくてもいいと思うよー。実は昨日、急にいなくなったお詫びに、あの人と陣内《じんない》さん誘って飲みに行ったんだけど。君の話になって、『ちょっと真面目すぎてイラッときて、強く言い過ぎた』ってかなり後悔してるふうだったのよねぇ」

「えっ」

「『あの子大丈夫かな』とか『今なにやってんだろう』とか心配してたよ。まー、元気そうでよかったわぁ」

何故かオカマのような口調で言った。この分だと、二次会に彬が現れたことは聞かされていないようだ。

「僕も高山さんに『ふざけんな』『しつこい』『何度言ったらわかるんだ』とか散々言われたよ。あんまり喋んないくせに、喋ったと思ったら一言多いから、普通の神経じゃ付き合いきれないよね～」

いや、あなたの場合それは本心かも……。

「大丈夫です。ぼ……私、慣れてるので」

「そっかぁ。じゃ、今度タイの山岳民族支援ボランティアから戻ってきたら、北青山に完成品見にいくね～」

じゃあねー、それじゃ、他の課にも回らなきゃいけないから、グッバイ再見フェアウルチャオ、と言って、来たときと同じぐらい唐突にその場を離れていった。

嵐のような男だった。

＊＊＊

夜になり、おにぎりを豚汁で流し込みつつ、スマホのメール作成画面を開いた。

「ちょっと言い過ぎた」……なんて彬が言っているとは思わなかった。でも、蛭子が課に現れる前から、ちゃんと言わなきゃ、と思っていた。

『この前、中野さんの件で、出過ぎたことを言ってすみませんでした。深く反省しております』

味も素気《そっけ》もない文章でも謝罪するときに変に気取ったってしょうがないから、これでいい。伝われ、と思いつつ送信した。

それから十分ほどでスマホが震えた。

『別に、気にしてないから』

気にしてない、なんて嘘だろう。蛭子は「後悔してるみたい」と言っていたし、言い争いが気まずかったのは確かだ。二次会に現れたときはあんまり機嫌よくて酔っていたから言い出せなかったが、うやむやにはしたくなかった。

またスマホが震えた。なんだろう、と確かめる。

『ご近所さんから猪肉もらっちゃった。腐らせるのもったいないんだけど』

プッと吹き出してしまった。

この前は「もう来るな」って言ったくせに。ブレブレだなぁ、と思いながらも顔はニヤついた。

嫌なことは嫌と言っていい、と言われた。きっと「忙しい」と答えれば世話好きの誰かがどうにかしてくれるのかもしれない。

だけど、今は「ノー」が言えない気弱な自分のままでいい。猫のことも気になるし……と、自分に言いわけしながら指を動かした。

『わかりました。近いうちに伺います』

夕飯を作るぐらいなら、いつでも行ける。今日は無理そうだけど、明日か明後日は定時に上がれたら作りに行こう。猪肉などのジビエ料理も、いくつかレパートリーはある。

これで、いちおう、もとどおり。

第六章「子、曰く」

子曰く、吾十五にして学びを志し、三十にして立ち四十にして惑わず。

今の自分は数えで二十六（満年齢で二十五）だから、而立とされる三十歳のちょっと手前だ。

二十五歳。小学生の頃からしたら十分な「大人」だろう。多少は社会的スキルも身につけたし、貯蓄も少しずつだけどしている。生命保険にも入ったし、自炊して健康管理にも気を配っている。人生、大きく踏み外さないようにあらゆる場面で保険をかけまくっている。

だが将来設計において、唯一にして最大の不確定要素が存在する。――つまり、

「結婚するか否か」だ。

普通のサラリーマン家庭に育ったから、いずれは両親のように結婚したいとは思っている。だけど……その相手っているんだろうか。まだ二十五、もう二十五。結婚相手どころか恋人すらいたことがない。おかげで「チェリー」なんて不名誉なあだ名までつけられてしまった。

異性は何を考えているかわからない。少し喋っただけで「つまらない」、そんな顔をされた経験はもう何度もある。どうやら顔だけは「薄い」とは言われてもあからさまにけなされたことがないから、一般的に見て悪くないのかもしれない。でもそれじゃどんだけ中身がダメなんだよ。こうやって長所すら欠点に変えてしまうこのネガティブな性格が、諸悪の根源なんだろう。

「もっと自信を持て」って、無茶を言うな。二十五年間誰にも愛し愛されもしなかった実力を舐めないでほしい。

経験が少ない↓自信がない↓あれこれ考えて二の足を踏む↓チャンスを逃す↓経験が足りなくなる↓自信がますますなくなる……これの無限ループだ。自分だってもっとスマートに振る舞えればどんなにいいかって思ってきたし、実際そのとおりだ。

とりあえず、ループを抜け出す突破口がほしい。そのためにはてっとり早く……ダメだ、ゲスなことしか思い浮かばない。

自分は欲求不満なんだろうか。長いこと二次元専門だったのに、この前迂闊にも女性と抱き合ってしまって以来、一人になると妙に生々しいことばかり考えてしまう。ああ、もうダメだ……。自分は堕落している……。真面目に将来のことを思案していたはずなのに、何やってんだか。

「責任とってくださいよ……」

思わず口を突いて出た。それが誰に対して向けられたものなのか、自分でもあんまり深く考えたくなかった。

＊＊＊

「それでは車検証はのちほどおおくりします。ありがとうございました」

見送られたあと、イグニッションキーを回す。ブルルと小気味よくエンジンが震えた。

六カ月ごとの点検はちゃんと受けているし、オイルも定期的に入れ換えている。悪路を走ったり、ぶつけたりもしていない。そのおかげか、二年ぶりの車検も基本料金のみで済んだ。

でも「問題なし」のお墨付きをもらったからか、なんだか前よりも軽快に走ってくれてる気がする。本当に気のせいだと思うけど。

さてと、一旦スーパーマーケットに立ち寄る。これから彬の家に行くけれど、その前に準備をしておかなければ。

買い出しや銀行振り込みなどの細かい用事を済ませ、彬の家に着いたのは夕方五時前だった。

「あー、まだもうちょっと作業するから。今いいとこなんだ」

そう言って彬は背丈ほどありそうなテーブルの天板をひょいっと持ち上げた。自分は見慣れたけどまあまあびっくりする。見た目は可愛いのに力持ちなんて、羽の生えた帽子かぶったロボットか、長くつ下の女の子みたいだ。

「それじゃ、あと一時間ぐらいしたらお夕飯作りますね」

今日も彬は仕事に精を出している。エアコンが利いてるとはいえ、動いているから結構暑そうだ。

今まではあまり近くにいると面倒なことになりそうだと思っていたけれど、普段どうった工程で作業をしているのか、もっと知りたくなった。

ちょっと見学していていいですか、と尋ねる。

「えっ、なんで？」

「い……一応、置いてもらう店の人とかに、そういうこと聞かれることもあるんで……」

「……仕事で必要だからってこと」

彬はなぜかぶすっと顔をしかめたが、「まぁ、いいよ」と承諾してくれた。

「今は何やってたところなんですか？」

「ああ、署名だよ。一応誰が作ったかわかるように、刻んでおくんだ」

天板が裏向きに並べられている。中央にひっかいたような削り跡がある。作業台には彫刻刀のような小さな削り刀が置いてあった。

「一ノ、廾」

「何て書いてあるんですか」

「カタカナで『アキ』だけど」

（読めねぇな）

声に出してないつもりだったが、間《ま》で伝わってしまったようで、彬はあからさまにふてくされてみせた。

「小さい頃からこれだもん。いいじゃん、家具の裏なんてあんま見ないし」

「本名の漢字とかでいいと思うんですが……」

「……自分の名前、好きじゃないんだ。『淋しい』って字にちょっと似てるし」

そうかなぁ、と思ったが「いい名前じゃないですか」的なクサい台詞を口にする勇気はなかった。

「見えないのに、何で入れるんでしょうね」

「んー、なんでだろう」

彬は軽く首をひねった。

「やっぱり、自分がいたこと、忘れてほしくないからじゃん？」

それだけ言うと、彬はさっさとまた作業を始めてしまった。

言ってからちょっと恥ずかしそうに顔を赤くした。柄にもなくクサいことを言ってしまったことを後悔しているのかもしれない。

「そんで、これは曲げ木を作ってるんだ」

いつもより蒸し暑いな、と思ったら作業場の中でお湯を沸かしていた。幼稚園児の背丈ぐらいの長細いステンレスの升に水が張ってあり、その中に入った細い木がぐつぐつ煮られている。

「曲がるんですか」

「うん。でも、普通にやるとボキッて折れちゃうでしょ。こうやって煮たり、蒸気で蒸したりして木の繊維を柔らかくするのね。それから力をかけて曲げていくと、こんなふうに」

　ほら、とわざわざ完成した曲げ木を持ってきてくれた。普段はどちらかというと口数の少ない彬だが、木のことになると饒舌になるのは新しい発見だった。

「ちなみに、完成形はほぼこれと一緒。蛭子さんに頼まれたのも、これだよ」

　作業場の隅、勝手口近くに放置されていた椅子を指さした。

（あ……、これ……）

　いいなぁ、と柄にもなく思ってしまった。専門的な知識はまるでないからどこがいいとか指摘もできないけど。とにかく置いておくだけでも様になるし、それでいてどこか懐かしい感じもする。表面は飴色に変化していて、だいぶ経年していることが見て取れた。

「これ、塗装してないんですか？」

「あ、オイルぐらいは塗り込んでるけど。基本的には鉋だけだよ。サンドペーパーも使ってない。おじさんには、『おまえは時間をかけすぎるから職人には向いてない』って言われてたんだけどね。意外に役に立ったよね」

ドキッ、とした。「曲面の魔術師」と呼ばれた師匠とは、おじさんのことなのだろう。田中は彬を「最後の弟子」と言っていたが、情報が錯綜していたんだろう。

「そういうもんなんですか」

「うん。職人って、芸術家じゃないからね。『技能』の中には『早さ』も当然含まれるんだよ」

まぁ、昔よりは早くなったけどね、と付け加えると、彬が「座ってみる？」と聞いてきた。

「……いいんですか？」

彬が「いーよ」と頷いた。さっそく腰掛けてみる。すっと背中に馴染む曲線。今までの「木」とは全く違うなめらかな手触り。クッションがないのに、長時間座っていても全然疲れなさそうだ。自分でも個人的に買いたいぐらいだけど……見積書の金額を思い出してギブアップする。

「これね、おじさんと一緒に初めて作った椅子なんだ」

「……そうなんですか」

「うん。私、おじさんに育てられたみたいなもんだから」

間抜けな返事をした浩己に、彬はまた悲しそうに笑った。

「伝説の職人さんだったとお聞きしておりますが」

「うん、そうなんだよね。でも生きてる間は有名じゃなかったし、それほど裕福じゃなかったよ。この家見ればわかるでしょ。いい暮らしなんて全然してなかったよ。やっぱり、このご時世にハンドメイドの家具買う人なんて少ないしね。だから私も……」

「『私も？』」

何気なく尋ね返す。すると彬は「なんでもない。それよりお腹すいた」と急に駄々をこね出した。


今日のメインディッシュは煮込みハンバーグだ。彬の好物は、ハンバーグ、カレー、オムライス。子供が好む王道メニューそのままで、普段のイメージとのギャップがなんだか微笑ましい。

挽肉とたまねぎ、つなぎをこねて成形し焼き色をつける。ケチャップと中濃ソースで作った簡易デミグラスソースでぐつぐつと鍋で煮ること20分。ようやく完成した。

「できましたよ」

彬は「いただきます」とほころびの隠せない顔で言ってから、早速もぐもぐとハンバーグを口に運んだ。


テーブルの向かいの彬の腕が目に入った。

(この前、抱きしめられたんだよなあ……)

彼女はだいぶ酔っぱらっていたし、覚えていないのかもしれないけど。なんだかこうやって向き合っていたりすると、変に意識してしまうというか。

どんな感触だったっけ。意外に細いんだなと感じたことは鮮明に残っている。

あと、ものすごいドキッとして。大勢の前だったから少し邪険に扱ってしまったけれど、でも嫌だったわけではなくて……。

「チェリーくん？　大丈夫？」

「え……あ、ハイ……」

また、ぼんやりしてしまっていたようだ。慌てて表情を引き締めるも、彬はまだ心配そうにこちらを見ていた。

「今日は早めに帰ったら？　また鼻血とか出したらアレだし」

「鼻血は、もう出ないと思いますけど……」

不承不承そう返すと、彬はくすくすと笑った。

そういえばこの人の中で自分ってどういうイメージなんだろう。「チェリー」に「鼻血」って。ロクなキーワードが出てこないじゃないか。

「それとも、今日こそ泊まってく？」

「あ……」

どう考えても冗談なのに、思いっきり固まってしまった。ダメだ、この前から意識してるせいか「結構です」とも言えない。どうする？　自分。この前みたくもうひと押しされたら——

「って、あしたも仕事だもんね。いいよ、今日は早めに帰って休んだほうがいいよ」

彬はさっと立ち上がると、早くも食べ終わった皿を流しに運びながら言った。

……今、自分、がっかりしてないか。どうしたんだ。最近情緒がおかしいぞ。

しっかりしろ、と彬が後ろを向いているすきに顔を二回ほどぺちぺち叩いてから立ち上がる。「それじゃ、今日はこれで」と彬の背中に向かって言うと、「じゃ、気をつけて」と顔も見ずに返された。

なんだか本当に心身ともに落ち着かない。フラフラする足取りで玄関に向かう。ダメだ。とりあえず事故だけは起こさないよう気をつけよう。せっかく車検通したばっかりなんだし。

靴を履こうとしゃがんだとき、下駄箱の下に白いカードが落ちているのが見えた。見覚えのある形状と色使い。運転免許証じゃなかろうか。

(こんな大事なの、落としたままにするなんて……)

彼女は自分で車を運転しないみたいだから、そこまで重要でないといったらそうなのかもしれないが。一応発見したたし、と手を伸ばして免許証を拾い上げる。

何気なくその表面に目を落としたとき、「えっ」と思わず声に出してしまった。

一番上部に記載されている、氏名。自分の知っているものと違う。

「中野　彬」

住所はここで間違いないし、写真も彬本人のものだ。まだ有効期限内で、裏面にも変更事項は記載されていない。つまり、彬の本名は「高山」ではなかったということだ。

これってやっぱり、そういうことなんだろうか。彬が「あいつ」と呼んでいた男。その彼と同じ名字ということは……。気づいた途端、息が苦しくなった。

（……とりあえず、見なかったことにしよう）

ただし、下駄箱の下に戻すのは気が引ける。「義を見て為ざるは、勇なきなり（論語）」とはちょっと違うか。とにかく、下駄箱の下に落ちてたってことは、いつもこの辺に保管してあるんだろう。浩己は下駄箱の上の三段書類ケースの引き出しを引くと、そこに免許証をそっと置いて閉めた。

第七章「むかしばなし」

春はあけぼの、夏は夜、なんて千年前の女流エッセイストは言ってたみたいだけど、自分に言わせれば、夏は午前だ。しかも標高の高いところからの眺めが最高だ。三六〇度の大パノラマ。連峰の銀色の山脈が、自分をざわざわと歓迎してくれているようだ。

「あー……、すっげー……!!」

今日は天候にも恵まれた。ご来光が拝める時間でなかったのはちと悔しいが、酸素の薄い中やや朦朧としながら見るこの景色。両脚に溜まる乳酸。生きていることを感じる。

ここのところの自分はずっと悶々としていた。ひょんなことから知ってしまった事実と、それに伴う心の動揺。どうして自分がここまでショックを受けているのか、答えが出せなくて、少し、リフレッシュするため大自然に触れることを選んだ。

今日は彬に呼び出しもされないし、イベントがらみの出張もないし、久々のフリータイムだ。こんな天国に近い場所までぶらっと週末に来られるなんて、やっぱ最高。家に一人でいるとロクでもないことしか考えられないし、ちょうど季節もいい。もっと移住者が増えればいいのに。

（あ、ウサギギクだ）

（どっかにオコジョ、いないかな……）

一通り写真を撮ったり景色を堪能したりしたあと、足元に最大限に注意しながらゆっくりと下山する。途中、山荘に立ち寄ると、見知った顔がいた。

「あれっ、桜田さん？」

「ジンさん」

ジンさんがひょい、と帽子を持ち上げた。普段の作務衣と違って登山ルックをしているせいか、若々しく見えた（頭が隠れているせいかもしれない）。

「桜田さんが登山するなんて知らなかった。今下りてきたところなんですか？」

「はい。雲海がよく見えましたよ。ジンさんは、今からですかね」

「そうです。いやー久々なんで時間かかっちゃいましたよ」

それでは頑張って、と言って別れようとした。

「あ、ちょっと」

呼び止められて振り返る。

「よかったら、下山したら一緒に温泉入りに行きませんか。いいところ知ってるんです。そこで一杯どうです？」

いいところ、なら積極的に知りたい。

「僕お酒飲めませんが……、それでもよろしければ」

「じゃあ料理中心ですね。大町の駅で待っててください。また後で連絡します」

はい、と素直に応じる。

途中ダムの放水を見たり（巨大建造物萌え）、要所を楽しみつつのんびり下山し、撮った写真などを整理していると、ジンさんから連絡があった。

『二人一部屋でよいでしょうか。露天風呂が最高の宿ですよ』

ってことは泊まりかぁ……、と思ったが今更「ＮＯ」とは言えなかった。

ジンさんの先導で温泉宿へ向かう。広い敷地にいくつもの離れが並んだ立派な宿。

値段を尋ねると案外安くてホッとしたが、お得意様割引とかそういう感じなのかもしれない。

宿帳に名前を書き込んでいた。「陣内勲《いさお》」がフルネームだと今更ながらに知った。

露天風呂で登山の疲れを癒やし、夕方に早めの夕食となった。離れになっている部屋に運ばれてきたのは会席料理のフルコースだ。たまにはこんな贅沢も悪くない……けど、さっき聞いた料金に比べて、ちょっと豪華すぎやしませんかね、と内心ひやひやした。

「明日は朝早いんでしたっけ」

「ええ、いつも通りです」

「そしたら夜明けと同時ぐらいに出なきゃだめですね。今日は早めに寝なきゃ」

ちょっとしたエクストリーム出勤だ。周りにやってる職員がいないでもないが。

ほろ酔いになったジンさんに「何か追加で頼みますか」と尋ねられる。大丈夫です、と返すが遠慮はしなくていい、と笑われた。

「有実の将来の旦那さんになるかもしれませんからね。おもてなししておかないと」

「い、いや、そんなつもりは……」

「あ、こんなこと言ったら彬さんに悪いか」

急に出てきた名前にドキッとする。

「フリーランスを支えるんだったら、お相手は安定した職業の方が良いな、と前々から思ってたんですよね」

冗談だろうが、上手く笑って流せない。

たまたま近しいから、からかわれただけで、真に受けるわけにはいかない。けど……

「でも桜田さんのことは気に入ってるみたいですよ。普段あんなに笑ったりしませんから」

薄い胸が再びざわついた。ごまかすために、俯いてお茶を啜った。

「……僕は、彼女についてほとんど何も知らないです。実は、ジンさんとの繋がりかも、ちゃんと聞いてなくて」

さんざんこき使われておきながら、彼女について知っていることは少ない。聞いているのは、火が苦手なこと、星を見るのが好きなこと、自分の名前が嫌いなこと……そんな些細なことばかりだ。

「彬さんらしいですね。まぁ、それも話したいと思って、今日はお誘いしました」

まずはどこからお話ししましょうか、とジンさんが穏やかに呟いた。この分だと、思ったよりも就寝は遅くなりそうだ。

静かな夜に、虫の鳴き声だけが、部屋の外から聞こえていた。

＊＊＊

「彬さんは、母親に見捨てられた人なんですよ」

衝撃的な言葉からまずは始まった。早くも空になったジンさんの猪口に、浩己はとっくりを傾けた。

「綺麗な人だったらしいですけどね。彬さんが火を怖がっているのはご存じですか」

「はい……。お料理をほとんどしないのも、そのせいだとか」

「理由は、小さい頃火事に遭っているからです。父親の煙草の不始末が原因で、当時住んでいたアパートが燃えました。それから母親は父親と度々喧嘩するようになり、不仲に。それから父親と別れたあと、住み込みの仕事などを転々とし、その美貌を買われて他の男と再婚したとか。でも、その再婚相手は無愛想な彬さんのことを次第につらく扱うようになったそうです」

よくある話かもしれませんが、と付け加えた。確かに、世の中にはありそうな話だが、子供にとってみればこれ以上ないほどつらい境遇だろう。

そうして預けられた先が、母親の兄である、伯父の元だった。

彬の伯父――高山幹《もとき》は、ジンさんの大学の後輩にあたる人物だそうだ。木工を専攻していて、在学中から成績優秀。卒業後は実家の事業を継ぐことを条件に美大への進学が許されたらしいが、本人はその後家具職人の門を叩いた。当然、厳格な家からは勘当されたとのことだ。

「幹は寡黙な男でしたが、根は優しい人間でした。彬さんはそれがわかっていたのでしょうね。義理の父親や祖父母には全く心を開かなかったのに、不思議と幹にはすぐなついたそうです。彬さんが小さかった頃会ったことがありますが、本物の親子より、親子みたいでした」

物静かな職人と、それを父のように慕う可愛い少女。映画のようにときめくシチュエーションだ。想像するだけでほんわかしてくる。

「――ただ、彬さんが高校生の頃、幹は体が思うように動かせなくなりました。ALSってご存じですか」

急に厳かな口調になり、浩己も身を引き締めた。

ALS……確か、新聞記事で読んだことがある。筋萎縮性側索硬化症。英国の天才物理学者も罹った、生命予後の悪い難病だ。

発症初期よりほぼ必ず現れる症状は、嚥下困難と……手足の麻痺だ。

「……職人にとっては致命的ですね」

「はい。噂がたてば、仕事は回ってこなくなります。だから、彬さんは作業を少しずつこっそり手伝っていたんです」

はじめはなんとか長年培った技能と勘で補っていたが、徐々に症状は酷くなっていった、と付け加える。

「幹の病状が進行するのと相関するように、彬さんの腕も上がっていったそうです。皮肉なことですね」

そうして彬は、高校卒業後は名目上『事務員』として幹の工房で働いていたそうだ。いつバレるだろうか、とひやひやしながら。

「次の転機は二十一歳のときです。三十代の建築家からの依頼が入りました。『今度リノベする家にぴったりの家具を作ってほしい』と。その方が彬さんを気に入りどうしても、と言って、出会って一年ぐらいで結婚してしまったそうです」

「その方って……中野さん、でしょうか」

「ご存じでしたか」

「ええ。一度高山さんちでお会いしたことがあります」

やっぱり、と思った。免許証を拾った時から気づいてはいたが、確定するのはまた違った衝撃がある……。別に自分には関係のないことのはずなのに。

「海外でも仕事している中野さんにとって、連れていけばなにかと便利だったんじゃないですか。家に合わせて家具を作ることも多いですし、しかも若くてあの見た目ですし。ちょうどよかったんでしょうね」

「はぁ……」

若干、言い方にトゲがある。ジンさんも中野のことを快く思っていないのかもしれない。

彬自身はまだ結婚するには早いし、おじさんを一人にしておけない、と渋っていたそうだ。しかし、そのときすでに先が長くないことに気づいていた幹は、中野の口八丁を信じてしまい『自分が亡くなったあとも、彬がさびしくないように』『厳しい職人の道で生きるよりも、女性として幸せになってほしい』と、半ば強引に話をすすめてしまったらしい。

「幹は彬さんに結婚に踏み切らせるために、多少強い言葉を使ったんです。『俺の看板がなくなったら、おまえなんて一人でやっていけるわけがない』『ここまで育ててやったんだから、早く身を固めて安心させてくれ』と」

「それで、彼女は納得したんでしょうか」

「そこまで言われたら、仕方なく、って感じでしたね。ただ、結婚式をごく近しい者だけでやったんですが、よっぽど嫌だったんですかね。彬さん、大幅に遅刻した上、ちょっと酔っ払ってたりして」

そして彬が結婚して家を出た後、幹の病状は急激に悪化した。工房をたたんで入退院を繰り返すようになり、彬が夫と海外で暮らしているとき、帰らぬ人となったそうだ。

「ただ、中野さんは……、浮気性みたいで。三年ぐらいで我慢ができなくなって、彬さんは一人で海外から戻ってきました。子供ができなかったのが救いですかね。それからもう、四年経ちました。旦那さんの方はだいぶ未練があったみたいで、なかなか離婚届を出してくれないみたいなことは言ってましたね」

……で、実はまだ別れられていない、と。離婚した後も名字を変えない人もいないわけではないが、彼女の場合そのメリットは薄いし、何より彼女がそれをわざわざ選ぶとは思えない。ジンさんすら、そのことを知らないのかもしれない。

それにしても生家といい、夫といい、なかなか家族に恵まれない人だ。

優しかったのは、無口だったおじさんだけ。

……いや、眼の前にもいる、か。

「ジンさんは、高山さんが戻って来てからずっと近くにいるんですか」

「ええ。『彬に何かあったらよろしく』と幹から頼まれていたのもありますが、病気がちだった有実と璃空のために空気の良い土地を選んだんです。あの子たちも、彬さんの小さい頃とちょっと似たような境遇にいるので。ちょうど、幹の家の近くにいい空き家があったので」

そういえば、有実と璃空の親は見たことがない。なんでだろう、と思っていたが、こちらも複雑な事情があるらしい。

それでも、「大学の後輩の姪」というだけの女性を家族のように支えるのは並大抵の人格者じゃない気がする。感心して思わず呟く。

「面倒見がいいんですね」

「いやいや、有実と璃空をかわいがってくれるので、こちらこそ助かっています。彬さんは本当は、優しい人なんだと思います」

「そう……ですね」

彼女がつっけんどんなだけの人間でないことは、二次会でのことだけじゃなくてとっくに気づいている。最初の出会いがもっと隠便なものであったら、もっと早く打ち解けていたのかもしれない。

ちょっと喋りすぎましたね、とジンさんが笑った。

それからすぐに布団に横になり、電気が消された。登山の疲れもあってか、早々に高いびきをかきだしたジンさんの横で浩己はしばらく寝つけなかった。

＊　＊　＊

次の日は朝早く布団から出た。早くも吹き始めた秋の風が涼しい。

熱い湯に浸かり、体をしゃっきりさせて部屋に戻る。入浴中にジンさんも起きたようで、着崩れしていない浴衣姿でポットのお湯でお茶を淹れていた。

そういえばここの県はお茶が美味いなぁ、と思う。水がいいからかもしれない。

お茶を飲んでさっそく帰り支度を始める。ここから自宅アパートまで車で一時間半。そこから着替えて朝食を食べて自転車で出勤……、そこまでキツキツじゃないけど、そんなにのんびりもしていられないな、と思う。

「それじゃ、あ、ありがとうございました」

また高山邸で会いましょう。そう言ってお礼をして辞そうとすると、「あ、そうだ」とジンさんに呼び止められた。

「……なんですか？」

ジンさんは「いや、大したことじゃないんですけど」と前置きしてから、言った。

「幹は、少し桜田さんに似てました」

「えっ……」

「彼のほうがもっと頑固でしたけどね。彼の喋り方や雰囲気がどことなく。見た目なんかは全然違うんですけど、昨日お話ししてて、ふと気がつきました」

だからどうした、というわけではないだろう。本当に、与太話の一つとして、言っただけに過ぎないはずだ。


寝不足でぼんやりするが、事故だけは起こさないよう安全運転を心がけた。

ラジオから流れる朝のニュースも、懐かしのロックも耳に入ってこない。昨夜聞いたことが、また蘇って感情をざわつかせる。

（捨てられた人だった、か……）

彬の少女時代の不遇を聞いて、自分のことのようにつらくなった。おじさんの病気さえなければ、と運命のいたずらを憎んだ。どこまでも勝手な中野のふるまいに腹が立った。どうして彼女ばかり酷な目に遭うのか。どうして自分と会うまで待っていてくれなかったのか。もっと早く出会えていれば……どうだっていうんだ？

本音を言えば、もっと頼ってほしい。さびしいならそばにいたい。苛立ったときはお腹いっぱい食べさせてあげたい。嬉しいときは一緒に笑っていたい。だけどそれが叶わないことはわかっている。自分は彼女に、本当の意味で必要とされている人間ではないからだ。

わかっている。わかっているけど彼女のことを考えずにはいられない。そうして自分の思いの形が、少しずつ削られる度にはっきりしてくる。

自分は、彬に恋をしている、と。

＊　＊　＊

人は恋をすると愚かになる。

なんとなく知ってたけど。学生時代の友達にも掃いて捨てるほどいた。彼女にフラれて講義をサボったり、単位を落としたり、程度がひどいと学校を辞めてしまった男もいる。

傍《はた》からだとそれほどのことじゃないように見えた。ただ、金銭感覚や価値観が合わなかったか、些細な口喧嘩がきっかけで愛想をつかすか。たったそれだけのことでこの世の終わりみたいに落ち込む理由がわからなかった。そんなの、たまたま相性がわるかっただけだろう。そのお相手となる女性（たまに男性）を知っているパターンもあったが、別にそこまで入れ込むほどの魅力があると感じたこともなく。

だが彼らは口を揃えて言う。

「俺はあいつじゃなきゃダメなんだ」と。

そのときは「あっ、はい、そうですか」ぐらいにしか思わなかった。そんな彼らの醜態を見たことが、「恋」というものから遠い位置に自分を置いていた一つの原因だったかもしれない。とにかく、なんで、そんなに、言語化もできず基準も曖昧な感情にヒトは振り回されるのだろう。不思議で仕方なかった。

だけど、今、ようやく彼らの感情が理解できるようになった。他人を好きになるのに理屈は要らない。ただその存在が目に入るとどうしようもなく胸が高鳴って、声を聞くときゅっと耳の後ろが熱くなって、メールなんか来ちゃった日には床にゴロゴロ転がって奇声を発したくなるぐらい嬉しいのだ。他の人間じゃ一切同じ反応が得られない。なんで、かはわからない。ただもう「好きだから」としか言いようがないのだ。

ちなみに、自分の場合バカさ加減は見てきた男子の中でも群を抜いている。相手は年上、しかも別居中とはいえ夫のいる身だ。そんな女性に手を出したら世間に後ろ指をさされるのは必至だろう。自分だって「他の子を好きになりたかった」なんて、一日平均三百回は、多分考えてる。

……「チェリー」なんて蔑称で自分を呼ぶぐらいだから、そんな関係になりたくてもなれないんだけど。

おたふくとかはしかと一緒で、大人になってから初めてまともに恋に落ちると、かなり質が悪い。

現に、ほら――

『ようやく一件納品終わった。再来週ぐらいからチェリーくんのところの依頼始められそう』

こんな色気もへったくれもない事務メールが来ただけで、残業の上に上司の長話に付き合わされたことも吹っ飛ぶぐらい気分が上がる。体が軽くなって、このまま家まで４㎞走っていきたいぐらいだ。今なら世界記録だって出せる……かもしれない。絶対におかしいと自分でもわかってる。

これだから恋はやめられないのかな、とも思う。いずれにせよしょっぱい結果になることが目に見えているのに、この一瞬のときめきがほしくて、先の見えない感情を引きずってしまうのだろう。試したことはないけれど、依存性の強い薬物ってこんな感じなのかもしれない。

と、なると、理性のある大人としての精一杯の対応は、これだ。

『わかりました。納期に間に合うようによろしくお願いします』

本当は「何か必要なものはありませんか？　持っていきます」……とか言いたいけれど、あんまり阿《おもね》る素振りを見せると、彬からいい反応が貰えるんじゃないかと期待してしまう。そういう態度は相手のためにも自分のためにもならない。ここはしっかり、線を引いておかないと。

……と思ってたの、に、

『わかったよ。がんばるね！』

返信なんて期待できる内容じゃなかったのに、不意打ちで来たもんだからダメージがでかい。しかも、子猫の写真まで添付されている。画素は荒いしピントもボケてるけど、わざわざこれのためにガラケーで撮ったのかな、と思うと萌えと動悸が止まらなくなった。

（神様仏様、真面目に働くんで許してください……）

わけもわからず懺悔をする。寝る前にちょっと、とメールを見返しているうちにスマホの充電が切れて、何やってんだか、と我に返ったときは午前二時を過ぎていた。

＊　＊　＊

「すみません、これに知事印お願いします……」

文書課で自分よりも若そうな女子職員に書類を渡した。彼女は「わかりました」とそっけなく言って書類を預かった。

エレベーターまで戻ろうとすると、すれ違いざまでかい男とぶつかった。

「あ……」

「お、おお。久しぶり」

滝沢だった。前よりもさらに貫禄が増して、血色が良くなったような気がする。ヘロヘロフラフラの自分とは雲泥の差だ。さぞかしプライベートも充実しているに違いない。

「なんか、ツヤツヤしてるね」

冷やかし半分で言うと、滝沢は斜に構える様子もなく受け流した。

「あー、今はうち、普段に比べたらちょっと暇だからね。そのかわり、災害とか森林のほうが忙しいみたいよ」

ああ、山火事かぁ、と思う。最近は乾燥していて、晴れの日が多いから。

「桜田くんとこはどう？」

「うちは……、行楽シーズンだし、やっぱちょっと忙しいかな。土日もイベントがらみで出張多いし」

「そういや、あの肉食系の女の人は元気？　まだラブラブ？」

ドキッとした。滝沢は彬のことを言っている。課内ではあの翌日に蛭子が現れたことで掻き乱され、特に大きな話題になることもなかった。だがやはり他の出席者には忘れられていなかったようだ。

「あー……、まぁ、元気だよ」

多分、と付け加えると、滝沢はすぐに、む、と顔をしかめた。

「多分って何よ。あれかな？　忙しくて会ってないとか？　ダメだよそんな。女の子は強気に見えても結構寂しがりなのよ」

「でも、あの人も仕事があってそんなに邪魔するのも……」

ここのところは、家の片付けがあらかた終わったのもあって、以前より「来て」と言われる頻度が減った。……自分としてはいいのか悪いのか。

「それってなんにもしなくていい理由探ししてるだけじゃない？　たまには自分のほうから動いてみないと飽きられちゃうよ。ちょっと頑張ってみなよ。せっかくあんな綺麗な人ゲットしたんだし」

別に付き合ってるわけじゃないんだけどなぁ……。それに、あの人が結婚してるかもしれないって知っても、同じこと言ってくれるんだろうか。気にはなったが不用意な言動は誤解を招きかねない。結局また、苦笑いをするしかなかった。

第八章「緊急事態」

スーツを着込んだ浩己の前に、かりゆしウェアの恰幅のいい男が座っている。男は濃い眉毛の下にある目を細め、手元の資料にじっと目を凝らした。

「……確かに、うちなーの人にとって、なじみが薄い場所ではありますなぁ。涼しいところなら、思いきって北海道とか、直行便のある韓国とかのほうが行きやすいですし、残念ながら大和の歴史に興味のある人も少ないですしね」

「そうですね。こちらとしましても、県内の空港の稼働率の低さは課題となっています。また、こちらは海なし県ですから、四方を海に囲まれた離島への憧れは総じて強いです。同じくアクセスが改善すれば、双方にとってメリットがありますよね」

「日に一往復でいいから直行便があれば……」

「悲願ですよねぇ。そのためには、まず我が県の魅力を知っていただきたいと思います」

今日は沖縄に出張だ。きっちりスーツを着てきたらうんざりするほど蒸し暑かった。本当は先週来る予定だったが、台風のため飛行機が全便欠航で延期になった。今回も、今のところは晴れているが次の台風が迫ってきているらしい。明日ちゃんと帰れるんだろうか。暇さえあれば天気予報を確認している。

現地の旅行会社、空港の担当と会い、商業施設で開催中の物産展にも顔を出した。あちこち動き回っているうちに、十月とは思えない湿気と気温で体力を容赦なく奪われた。予定されていた日程は夕方に終わったが、そのときはすでにぐったりだった。

（「羨ましい」って言われたけど、結構キツいぞこれ……）

昨日は向坂に雑用をたんまり押しつけられて残業になった。一時期の彬とはまた違ったベクトルでやっかいな人間だと思う。

ようやくホテルにチェックインして、ベッドに横になる。三十分ほど仮眠をとると、シャワーを浴びてから近場の適当な食堂で夕食をとった。揚げ物たっぷりのＡランチ。

夜なのにランチとはこれいかに。滝沢くんとかこういうの好きそうだな、と胃もたれしそうになりつつ平らげた。

酒も飲めないし疲れもあって、まっすぐホテルに帰る。充電中だったスマホを確認する。彬からのメールは、ない。

あとはメルマガとATMの使用通知と、市の防災メールだ。

(不審者情報と……、火事か)

そういや滝沢がちょっと前に「山火事が多い」みたいなことを言っていた。

まぁ、今は遠くにいるしあんまり関係ないんだけど……と思いつつ防災メールを何気なく開いた。

【13時34分　消防局発表　火災情報
・13時21分ごろ、篠ノ井南　で　建物火災　が発生し、消防車が出動しています。】

なんだか馴染みのある地区名だ。

……高山彬の家のあるところだ。通例のことだが、メールには番地の記載はない。

(でも、まさか……)

そんなはずはない、と思いつきを否定する。だが防災メールの続報は【終了しました】のみで、安心するには不十分だった。

それからウェブで県内のニュースをチェックするが、情報が遅いのか、それとも軽微な災害で報道されるまでもないのか、それらしき記事は見当たらない。わからない。怪我人がいたのかいないのか、そもそも火災に遭ったのがあの古い民家なのか、それが知りたいだけなのに、できない。

高山彬は火を極端に恐れていた。そんな彼女が火災に巻き込まれたとしたら……想像を絶する恐怖だろう。そんな事態には、巻き込まれてほしく、ない。

彼女の番号に発信する。「なんの用？」「心配しすぎだよ（笑）」そう言ってほしいのに、いつものことだが繋がらない。ジンさんの連絡先……は、スマホに登録していなかった。それじゃ誰か繋がりのありそうな人……そこでふと、我に返った。

何でこんなに必死になっているんだろう。万が一恐れていた事態になっていたとして、今、自分にできることは何もないのに。滑稽さに乾いた笑いが出た。

一応とりあえず鎮火はしているんだ。明日になれば、詳細がわかることだ。部外者が騒いだって、迷惑になりこそすれ、いいことなんて一つもないのだ。

そう、自分は「部外者」だ。関係があるとしたら、発注した作業を彬が予定までに終わらせることができるかどうか、そのことだけだ。

（だけど……、これぐらいは送ったっていいよね）

何度も何度も、書いては文章を消した。最終的にいつもながら無味無臭の文面になった。

「近所で火事があったみたいですが、大丈夫ですか」

いいからもう寝ろ、と自分自身に言い聞かせて暗闇に沈む。夜中に二度ほどうなされて起きて、そのたびに手のひらに収まる液晶画面を灯したが、特に目新しい情報は、なかった。

＊＊＊

次の日朝早くの飛行機に乗り、列車を乗り継ぎ昼過ぎに課へ戻ると「陣内さんという人から電話があった」と告げられた。対応したのは、向坂ではない中年の臨時職員だった。

「すみません、報告しようと思っていたんですけど、出張中に対応していただくのも難しいと思いまして。お知り合いなら、携帯の番号ぐらいご存じかと思って」

……こういう判断ミスは向坂だったらしなかっただろう。折り返し電話をかけると、陣内ことジンさんはぐったりした声で言った。

「ああ、どうにかウェブサイトで電話番号さがして課に繋いでもらったんですけど、携帯電話の番号は個人情報で教えていただけなくて……すみません」

最初にいただいた名刺も見当たらなくて、とジンさんが告げる。こういう間の悪さには、自分はもう、慣れている。

定時で職場を出て、彬の家に向かう。秋風に吹かれた道中は静かで、却って白々しいほどの「日常」を演出していた。

『ちょっと今は、不安定なのでどう接したらいいか……』

『原因はわかってないです。留守中に出火したみたいなんで。そのせいで、対応がおくれてしまったんですけど』

ジンさんに言われたことが、何度も頭の中を回り続ける。

「ありえない」「万が一」の事態が現実に起こっていた。彬に怪我はないとのことだったが、燃えさかる自宅を見たとき、彼女は顔面蒼白になりその場で吐いてしまったらしい。

……留守中というと、放火だろうか。彬は火を恐れて自分一人で火を使うような作業をすることはなかった。そのことがわかっているから、より本人はショックなんだろう。

彬の家に着いた。正面からだとどこが燃えたのかわからない。

足音を極力殺して、建物の裏側に回る。台所の一部と、母屋の一階部分のほとんどが燃えていた。

作業場は無事の様子だ。

「高山さん」

焼けてしまった台所を踏み越え、母屋に立ち入った。どうやらこちらにはいないようだ。

一回外に出て、改めて作業場に入る。休憩室である座敷に人が寝転がっている。

……彬だ。

物音に気づいたのか、彬の影がのそ、と動いた。

「すみません、気になって来てしまいました」

彬は腕で顔を隠したまま横になっている。泣いているのかもしれない。

「気になったって、納期が？」

声がかすれている。そんなわけはない。だけど全く気にしていないと言ったら嘘になる。納期まであと一週間ちょっとしかない。

「そっ……それは……」

言いかけたところで口をつぐんだ。

呼び鈴の音が、微かに聞こえた。耳を澄ますともう一回同じ音が。この大きさじゃ、普段作業してるときに聞こえないのは納得がいく。

「……誰か、来たみたいですね」

呟くが彬は反応しない。起き上がれない様子なので代わりに玄関へ向かった。

保険会社の調査員だった。損傷箇所の確認に来たらしい。「代理です」と伝えると「ああ、そうですか」と納得してくれた。

こちらです、とまずは現場になった台所へと案内した。仕切りは閉じられているので、作業場奥の休憩室にいる彬の姿は見えない。

「出火原因とかお聞きですか」

尋ねられて、知っているだけのことを答える。

「今のところ不明です。放火かいたずらか……」

「煙草の不始末という可能性は」

「ありえません。ここの人、火が嫌いでコンロも使わないぐらいでしたから。昼に出かけているとき起こったそうです」

「それなら、もしかしたら収斂火災かもしれませんね」

「しゅうれん……って何ですか？」

作業着の調査員は、親しみのある口調で言った。

「ほら、小さい頃虫メガネで日光を集めて紙を焼いたりしたでしょう。その要領で、長時間光を集めていると、思わぬ発火に繋がることがあるんです」

「なるほど。意図的に起こしたものではなく……ということですね」

「はい。クリスタルのドアノブや、金魚鉢、鏡の反射で起こったという事例があります。あと有名なのだと、猫よけのペットボトルで起きたりとか」

「猫よけ……」

「本当は猫に効果ないらしいですけどね。でも手軽だしとりあえず、ってやってる人は多いですね。日が短くなると太陽の入射角が低くなるので、意外なところで発生することがあるんです」

　ピンとくるものがあった。

　この家にいる猫の親猫は、「たくさん飼われていて放置気味に世話をされている猫」だと彬が言っていた。そして近所の人の中には、それを快く思わない人もいる、と。

　もし、近所の住人が塀の上などにペットボトルを置いていて、この時期のせいで発火してしまったとしたら……

「……その場合、ペットボトルを置いた人を訴えることはできるんでしょうか」

「まぁ、難しいですね。故意じゃなくて過失だと責任も問われないですし。まず単発の火事の場合、怪我人がいないとなるとさほど重要な扱いにはなりませんし、警察も腰が重いんですよね。うちがお金払って手打ち、じゃないですかねぇ」

　目に見える怪我を負った人は、確かにいない。だけど……、とちらりと作業場を見遣った。

　三十路の大人がトラウマなんて、恥ずかしいことだろうか。よくわからない。でも彬があんなに凹んでいるのに「重要じゃない」とは言えない気がする。

　それじゃ、査定が終わったら連絡します、と言って調査員は帰っていった。が、すぐに戻ってきた。

「すみません。路駐してたんですけどなんか後ろにぴったり車が駐まっちゃってて。バックで出せないんです。前の車ってお兄さんのですか？　移動してもらっていいですかね？」

後ろにもう一台？　誰かが彬を訪ねてきたんだろうか。建物の裏にずっといたから気づかなかった。

ポケットの中から車の鍵を取り出し、若干前に詰める。調査員の車が軽いエンジン音を立てて横をすり抜けていった。後ろに駐まっていたのは、3ナンバーのセダンだった。

終わったことを彬に報告しようと、作業場に向かう。勝手口の戸が半分ほど開いていた。中を覗き込むと、座敷の縁に座り込んで頭を抱えている彬の前に、白髪の老人がいた。

（セダンの人、かな……）

ただ事ではない雰囲気に、ずかずかと中に入るのは躊躇《ためら》われた。だが何の用なのかは気になる。多少申し訳ないが、休憩室の外に回りこんで、会話を窓の外から立ち聞きさせてもらうことにした。

「……彬、もうわかっただろう」

低く、渋い、男の声。そのトーンは、苛立ちと焦りに塗《まみ》れていた。とても「お見舞い」に来た感じでは、ない。

男性の声に比べ、彬の声は小さくて聞こえない。もしかしたら何も言えないのかもしれない。

「女のくせにこんなことしてるから、恨まれて痛い目に遭うんだ。おとなしくうちに帰ってきなさい」

少し間があった。

「そんなに、職人の仕事が大事か？」

彬の返事はやはり聞こえなかった。

「お前のやってることなんて、所詮幹の真似事、女子供の遊びだろう！　ちょっと仕事が来るようになったからっていい気になって。お前の作るもののどこがいいんだ？　それで一生食ってけるやつが何人いると思ってるんだ？　お前にできるわけないだろう！」

「でも……」

「でも、じゃない！」

男性の声が一層大きくなった。

「わがままばかり言ってないで、帰ってこい！　それがお前のためだ！　幹は先に死んで、泉《いずみ》はどこにいるかわからん。あいつらのせいで、どれだけ苦労させられたか、お前はわかっているのか⁉　お前があいつらの埋め合わせをしろ！」

「おじいちゃんがそんなんだから、お母さんもおじさんも出てったんじゃん！」

「生意気な口をきくな！」

強く高圧的な口調に、部屋の外にいても衝撃が伝わってきた。そして彬が「おじいちゃん」と男性を呼んだことも。

そうか、とようやく気づいた。「おじさん」が先に亡くなっていたので、すっかり存在が頭の中から消えていた。彬の伯父を勘当したという祖父。まだ健在だったのだ。

そして立ち聞きした話を要約すると、火事に遭ったことを口実に、祖父は彬を家に連れ戻そうとしている。本来であれば、家を継ぐのは伯父だったのだろう。家の規模などは全くわからないが、大雑把な事情は飲み込めた。

（あ……）

彬は大丈夫だろうか。こっそり窓から中を窺う。頭を抱えたまま固まっていた。

泣いて、いるんだろうか。

「明日、迎えに来る。それまでに、荷物を用意しておけ」

そう言い残すと、男性は作業場を出て行った。

(どうする?)

迷っている暇はない。一体どうすれば彼女のためになるのか。わからないけど放ってはおけない。焦燥に押し出されるまま、駆けだした。

「ちょっと待ってください」

彬の祖父はセダンのドアを開けようとしていたところだった。浩己の呼びかけに動きを止め、振り返った。

虚を突かれた隙に、浩己は問いかけた。

「さっき、高山……彬さんちにいたんですけど、お祖父様ですよね」

「ああ……」

身長は浩己よりも少し小さい程度で、腹も出ておらず痩せ型だ。だが眼光の鋭さが尋常ではない。

ごくり、と唾を飲み込む。

仕事を依頼しているから連れて帰られたら困る……じゃなくて。

「あの、彼女が作ったもの、見たことあるんですか?」

彬の祖父は答えなかった。「ある」わけはないと思っていた。

「ないなら、『どこがいいんだ』ってなんで言えるんでしょうか。さっきのは、血の繋がった人の言うことじゃないと思います」

若い女性は苦手だ。相対的に、そうじゃない人になら少しだけ、言いたいことも言える。

特に、これぐらいの歳の男性は。何度も話し相手になってきたから、どうしてあんなことを言ってしまったのか、推量できることもあるのだ。

「……お前、何なんだ？」

「べ、別になんだっていいじゃないですか。知り合いですよ、ただの」

彬の祖父が露骨に顔を顰めた。

「ただの知り合いが人の家の事情に口出しするな」

「いや、だから言えるんですよ。身内じゃ誰も注意してこないでしょう？」

本当にお節介だとは思う。自分は、家族じゃないし、恋人でもない。友達ですらないかもしれない。だけど「部外者」だから言えることも、わかることもある。

これが議会のお偉いさんとかだったら……ぞっとするからまぁ身分は明かすまい。

今の自分は「どこの奴とも知れん馬の骨」で十分だ。

馬の骨なりの、精一杯の強がりで言った。

「火事に遭ってショックを受けている人に、あんな言い方は酷いんじゃないですか。憎いのでなければ、もっと優しくしてあげてください」

ついついキツいことを言ってしまうところは、彬とそっくりだ。そして、元の気質も彬と同じなら……。

「彼女のことが心配で、家まで来たんじゃないんですか？」

世の「おじいちゃん」がみんな孫のことを可愛がっているとは限らない。争うことや、手駒として扱うことだってあるだろう。人の心は単純じゃない。立場や積年の感情、打算が絡めばもっと複雑なものとなる。

でも、もしも身内としての情が少しでも残っているのなら、今からでも遅くないからひとこと「言い過ぎだった」と言ってあげてほしい。何気ない言葉が人を傷つける反面で、一言で救われることもある。

だから。

「……余計なお世話だ。あいつには少し言い過ぎるぐらいでちょうどいい。いずれ私のほうが正しかったとわかるときが来るんだ。今はどんなに憎まれたってかまわん」

そう言い残すと、車に乗り込んですぐにエンジンをかけて発車させた。轢かれそうになり、慌てて飛び退き事なきを得る。

高齢者に似合わない機敏な運転でセダンが消えていく。……やはり手強かった。奮った勇気が肩すかしに終わり、浩己は虚しくうなだれた。

とぼとぼと歩いて作業場へ戻る。発破をかけられたと捉え、吹っ切れて立ち上がってくれればいいが……

(……無理だよなぁ)

彬は再び放心状態で座敷に寝転んでいる。むしろ先ほどより酷くなっているかもしれない。

手を差しのべたいと強く思った。今、何を考えているのかはわからないけれど、必要とあらば頼ってほしいし、泣きたいなら肩を貸したっていい。むしろそうしたい。

けれど――。

「チェリーくん」

彬がようやく口を開いた。

「ごめん。今日はもう、帰って」

「でも……」

ひとりにするのは心配だ。せめてもう少し落ちつくまで見守っていたい。

「ごめん、一人になりたいんだ」

存外にはっきりとした口調だった。

ここまで言われたら彼女の望むとおりに、するしかない。

作業場を出ると、子猫がのんきにみゃーみゃーと鳴いていた。よかった、この子は無事だったんだ、とホッとする。

「高山さんと、一緒にいてあげてね」

撫でながらそう呟く。何もわかっていないはずなのに、猫はタイミングよく「ニャー」と鳴いた。


その日の夜、ジンさんからメールが入った。

『彬さんが家にいません。どこに行ったかもわからないんですが、桜田さんの家に行ったりしてませんか』

もちろん来ているはずもない。やっぱりもう少し居座ればよかったか、と後悔したが、そんなのはなんの役にも立たなかった。

高山彬がいなくなった。何故か、猫と一緒に。

不思議なことに驚きはあまりなかった。一番最初に思い浮かんだことは「ああやっぱり」だった。

火事が起こったと聞いたときから、こうなることをどこかで予想していた気がする。だからといって、何も、できなかったのだが。

＊＊＊

「どこ行っちゃったんでしょうね……」

浩己は火事の後、片付けと称して、彬の家に来ていた。

同じく後片付けをしていたジンさんと話しこむ。

携帯電話は繋がらない。メールも返事がない。ジンさんが念のため中野に連絡をとったが、彼は驚きつつも「自分は一切タッチしていない」と非情だったという。

「あの、桜田さんのところの納期は……」

「間に合うかどうかは本人に聞いてみないとわからないです。とりあえず、戻ってきたらちゃんと話さないと」

タイミングとしては最悪だ。デッドライン直前に、不慮の事故。今からじゃ他に当たる時間もない。作業場はほぼ無事だったが、本人がいないんじゃどうにもならない。

「チェリー、お前がもやしたのか？」

璃空に聞かれた。「それはない」と思わず素で返してしまった。

「どこ行っちゃったんでしょう。消防の人には『旅行中だ』って言っておきましたけど……」

そろそろ仕上げないと本当に間に合わなくなる。違約金を課せられる可能性だってなくはない。

（まさか、もうこの世にいないとか……）

いや、と首を振る。だったら猫を連れていく必要はないだろう。

浩己は消火剤で汚れた台所の床にデッキブラシをかけながら尋ねた。

「あの……、以前からお祖父さんに『帰ってこい』と言われていたようですが、そちらに行った可能性は」

ジンさんははっきりと答えた。

「ないと思います。実は今日、うちにあの人来たんですけど、『あいつはどこにいる』って聞かれましたから。『私もわかりません』と答えたら『もう知らん。勝手にしろ』

って言って帰ってしまいました」

「それじゃ、他に身を寄せてそうな知り合いとかは……」

「あの人友達いないですからねぇ。ちょっと思いつかないです」

「あとは、行ってそうな場所とかありませんか」

「……全然。はっきり言って、お手上げです」

ジンさんですら思い浮かばない。何か、彼女に繋がる手がかりは……思い出せ、思い出せ。高山彬について、何か少しでもヒントになりそうなところ……。

（あ……）

浩己はデッキブラシを壁に立てかけ、いそぎバッグを肩にかけた。

「すみません、僕、ちょっと出かけてきます！」

「えっ？」

「とりあえずまた連絡します。あ、後片付けはまた後でやります！」

かつて彬が言っていた言葉を不意に思い出した。

『嫌なことがあると、星見てたんだ』

どうして忘れていたんだろう。今回のことは、彬にとって「嫌なこと」そのものではないか。

思いつきが合っているかどうかは……まだわからない。でも、今は「いるかもしれない」の少しの可能性に、賭けるしかないのだ。

車に乗り込み、エンジンをかける。ガソリンは、今日充塡したばかりの満タン。計算では600km以上は走れる。

エコな相棒、頼んだぞ。浩己はアクセルを踏み込んだ。

＊＊＊

日はすでに沈んでいた。天気が良ければ幾千もの星たちが瞬く空も、今日は厚い雲に覆われてしまっている。風も湿っている。

旅行者が行くとしたら、川を渡った先の小学校の校庭がベストポイントと聞いた。

校門の横に車を駐め、人気《ひとけ》の失せた校庭に立ち入る。陸上競技用のトラックがやけに小さく見えるのは、自分が大人になってしまったからだろうか。無機質な校舎、校庭の隅に点在する塗装のはげた遊具……。校舎の後ろには、山が高くそびえ、中腹には点々とリフトの支柱が残り、在りし日の面影を匂わせていた。

随分遠くまで来てしまったな……。そう思いながら山頂を見上げていたときだ。

「その格好で、寒くない？」

すぐ、近くから声がした。言われたら急に皮膚の感覚が戻ってきた。このあたりは、夏でもさほど暑くならないかわりに、秋口ともなると夜は気温がだいぶ低くなる。上着を着てこなかった浩己は両の二の腕を撫でながら「くしゅん！」と盛大にくしゃみをした。

声のしたほうを振り返る。厚手の、オーバーサイズのプルオーバーを着て猫を抱えた女性がいた。

「高山さん」

「……すごいね。探偵になれるよ」

自分がここにいる理由は、もちろん彬を捜していたからだ。彼女もそれがわかっているから、見つかっても驚きが少ないんだろう。

捜し当てるまでに立てた仮説は「彬は小さい頃に住んでいたところにいるのではないか」だった。迷ったり何かにつまずいたりすると、故郷に帰る人間は多い。彼女にとっての故郷は、かつて自分に話していた「星のよく見えるスキー場」ではないだろうか。具体的な地名は話してくれなかったが調べると彬が中学生の頃に廃業したスキー場が県内にひとつだけあった。

今でも麓の町は温泉街として賑わっており、その中で一軒「ペット同伴可」の宿があった。

そしてここで、ちょっと職権濫用をさせていただいた。

該当する宿のフロントで、名刺を見せて「落とし物を拾った。三十歳ぐらいで、背は普通で、子猫を連れている、化粧っ気はないんだけど結構綺麗な女の人が泊まっていないか」と尋ねると、あっさり信用されたらしく「似たような方が、裏の小学校に行ってると思いますよ」と教えてくれた。

急いでそこへ向かった。そして、今に至る。

「みんな心配してますよ。帰りましょう」

ぽつん、と雨が頬に当たる。視界が一秒ごとに暗くなる。……かなりの雨が降る予感がする。

「もう、ほっといてよ」

子供みたいな言いぐさだ。声も表情も頼りなくて、本当に小さな女の子みたいだった。

「……放っておけないから、来たんです」

宥めるようにささやく。彬の手首を摑んだが、振りほどかれた。

ここで「仕事の信頼云々」を持ち出したらまた意固地になってしまうかもしれない。極力気持ちを逆撫でしないよう言葉を選んで尋ねる。

「あの家に帰るの、怖いですか?」

彬は俯いたまま、微かに首を振った。

「……どうしたらいいか、わかんなくなっちゃった」

遠くで雷が鳴った。一刻も早く帰ったほうがいいはずなのに、動けなかった。

「おじいちゃんの言うとおりなのかもって。私のやってることなんて、意味もないし、価値もないんだ。何年経っても、おじさんの物まね以上のものは作れないんだ。私、なんのためにやってるのか、わかんなくなっちゃったよ」

「そんなこと……」

ないです、と続けようとして言葉が止まった。彬が静かに肩を震わせはじめたのがわかった。

火事で怖い思いをしたのも、思い出の家が焼けてしまって悲しいのも、一番言われたくないことを身内から言われてボロボロに傷ついているのもわかる。自分が代わってやれたらどんなによかっただろう。でも「気が済むまで放っておく」なんて悠長なことは言っていられない。となると……。

「高山さん」

再び呼びかけると、小刻みに揺れていた肩がぴく、と大きく動いた。

「ショックだったのはわかります。やめたいって思うのも、辛いなら仕方ないかもしれません。だけど……、とりあえずやりかけのだけでも終わらせませんか。もう少しじゃないですか」

返事は何も聞こえない。息を深く吸って、吐いて、もう一回繰り返し深呼吸をして待ったが、彼女の反応は頑なだった。

「どうしても、嫌なんですか」

その問いかけにはゆっくりと頷いた。仕方ない、と覚悟を決めた。

「わかりました。僕は、先に帰って上にそう報告します。……今までありがとうございました」

下を向いたままの彬にはっきりと告げる。一礼して、踵を返して歩き出した。

雨脚が強くなってきた。さようなら高山さんお元気で。背中でそう語る。

（……と、このくらいで）

二十歩ぐらい歩いたところで、急に後ろを振り返った。そぼ降る雨の中で、彬は今にも泣き出しそうな顔をしていた。

「あ……」

目が合った彬が、きまり悪そうに顔を引きつらせる。

やっぱりそうだ。

そんな顔するくせに、本当はさみしくて仕方ないくせに、どうして「嫌」なんて言うんだろう。自分がここに来ること、わかってて待ってたんじゃないんだろうか。もしどうしても捕まえてほしくないなら、いくらでも他に身を隠す場所はあったはずだ。

早足で彬の元に戻る。体がぶつかるぐらいの距離で立ち止まる。驚いた彬が、何か言葉を発しようとした。

それを聞く前に、浩己は彬の背後に回り込んだ。お腹のあたりに腕を回し、彼女の体を持ち上げて歩き出した。

「ちょっと、放してよ！」

予想外の展開だったのか、彬はバタバタと暴れて抵抗した。だけどそのお願いだけは聞き入れるわけにはいかない。

「ダメです！　こっちだって必死なんです！」

彬は女性の中ではかなり腕力が強いが、今は猫を抱えているせいで本気が出せていない。どうにか抱え込んだまま車までたどり着くと、ポケットに入ったままの鍵で遠隔キーを解除し、後部座席の扉を片手でどうにか開けて強引に彬の体を押し込んで、すぐさま扉を閉めてロックをした。知らない人に目撃されてたら誘拐かなんかで通報されそうだ。一応周りを見て、誰もいないことを確かめた。

運転席に乗り込む。後部座席からみーみーという猫の鳴き声が聞こえている。エンジンをかけながら浩己は言った。

「とりあえず一旦宿に荷物をとりに戻りますが、今日はこのまま帰りましょう。あの家に帰るのが怖いなら、ジンさんが寝る場所を提供してもいいって言ってくれてます」

振り返って様子を確かめると、彬は後部座席に倒れ込んだまま呟いた。

「そんな、どうせ、帰ったって……」

弱音ばかりの彬に、浩己はとうとう声を荒げた。

「なんであんた、嫌なヤツの言うことばっかり信じちゃうんだよ！」

自分でも驚くぐらい強い言葉が出た。彬も猫も萎縮してしまうかもしれない。わかっていたけれど、一度溢れ出てきたものは止められなかった。

「お祖父さんの言ってたことなんて、あんたを家に連れ戻すための嘘に決まってるだろ？　あんたの作ったモノ、好きだって言ってくれた人いただろ？　すごいって言われたことだって、たくさんあるだろ？　なぁ、思い出してくれよ！」

彬がハッと息を飲んだのがわかった。また出過ぎたことを言ったかもしれない。いたたまれなくなった浩己は、後部座席から目を逸らし、自分の膝元を見ながら言った。

「それに、『なんのためにやってるのかわからない』って、そんなの、僕のために頑張る、でいいじゃないですか」

春から近くで、わがままに振り回されながらも支えてきた自分のために。見返りがほしかったわけじゃない、だけど、ずっとついていた人間がいたってこと、忘れてほしくはない。

「……結局僕だって、自分勝手な都合です。納期に間に合わなければ、上司とか広報とか運営とか、いろんな方面に頭下げなきゃいけないし、それが面倒臭いって理由もあります」

自虐気味に言うと、一度間を空けて、考えを整理してから続けた。

「でも、一番は、あなたの作ったものをみんなに見てもらいたいからです。『自分がいなくなった後も、ずっと使ってほしいもの』。そう思えるものに、触れてみてほしいからです」

そしてその手伝いを、自分にさせてほしい。それが、彼女に叶わない恋をした自分ができる唯一で精一杯の働きだ。

車のフロントグラスを大粒の雨が叩く。バックミラーを見ながら「お願いします」と雨音に消えそうな声で呟く。彬はのろのろと上半身を起こし、「チェリーくん」と自分を呼んだ。

「お腹すいた。逃げないからどっかで食べさせて」

……これは、承認の返事なんだろうか。よくわからない。戸惑いのまま「はい」と答えてアクセルを踏み込む。

宿に荷物をとりに寄ったあと、途中寂れたドライブインで温かいうどんを食べた。彬が「今日も徹夜かな」と言ったので、やる気なんだな、とようやくわかった。

「納期、延ばせるかどうか交渉してみますか。不慮の事故が起こったって言えば、ちょっと配慮してもらえるかもしれません」

「……いや、間に合わせる」

彬がお茶の入った湯呑をテーブルに置いた。

「絶対終わらせる。手も抜かない」

＊　＊　＊

彬は睡眠不足だったのか、それとも適度に空腹が満たされたおかげか、車に再び乗り込むとすぐに後部座席に横になって寝てしまった。それからまた高速道路にのって運転を続ける。

高山邸に戻る前に、一旦ジンさんの家に寄った。

「彬さん！」

「あきらしゃん！　おかえりなさい！」

「ずっとまってたよー！」

彼女のことを責めようともせずに、ジンさん夫婦とその孫は温かく迎え入れた。

「えーと、材木屋さんに掛け合ってみました。とりあえず乾燥済みの木材で使えそうなのを持っている業者さんを紹介して譲ってもらったんですが、まだちょっと足りないんですけど……」

「わかりました。とりあえず少しずつでも作業に入れますか、高山さん」

「……うん」

「あと六日で八脚か……。結構ハイペースですがいけますかね」

「やったことないけど、できるところまでやってみる」

彬はきっぱりとした口調で言った。

「まずは今あるので使えそうなの木取りしちゃおう。ジンさん、運ぶのちょっと手伝って」

「は、はい！」

奇妙な師弟関係の二人の背中を見送る。その後ろで、長時間のドライブでぐったりの浩己は、糸が切れたようにへたりこんだ。

＊　＊　＊

「桜田くん、今日はこれから……」

「すみません！　ちょっと用事が……」

仕事が終わると、彬の家に直行した。強引に連れて帰ってきた手前、何か困ったことがあれば手伝うという顔を見に行く体《てい》の良い理由ができた。彬が戻ってきてから、泊まりの出張の日以外は毎日様子を見に来ている。

作業場の引き戸をノックすると、ジンさんが出てきた。

「来ていただいてすみません」

「いえ、こちらこそ遅くなりました」

頭を下げてから室内に入る。部屋の奥からはブー……という低いモーター音が聞こえた。

上着を脱いで、作業着のジャケットに袖を通す。まだまだ火事の後処理が終わっていない。今日は燃えてしまったトタン屋根の補修をする予定だ。

「大変でしょう。仕事が終わったあとわざわざここまで来るなんて」

「大丈夫ですよ、これくらい」

ちら、と部屋の奥を見た。鳴り止まないモーター音。その合間合間に低いノイズが入る。機械での作業中だ。

彬は自分が来たことに気づいているのかいないのか、こちらを見ようともしない。

ぴりっとした緊張の空気が伝わってくる。集中力を乱したらいけない。怪我に繋がってしまう。

　今日はどれくらい作業を続けていたんだろう。気になってジンさんを振り返ると、彼のほうも言いたいことがあったのか、浩己を部屋の隅に手招きし、並べられた部品を指さした。

「彬さん、今日は座面作ったんですけど」

　椅子の中でも最も大きなパーツ。ペタッとした平面でなく、少し窪んだ中心に向かって、ゆるいカーブを描いている。繊細な仕事なんだろうな、と見るだけでわかる。

「わかりますか？　これ、ほとんど狂いがないんですよ。少しずつ慎重に進めていく職人も多いんですが、これだけの量を、一気に今日仕上げちゃったんです」

　あれ、と少し違和感を抱いた。

「高山さんは、以前『時間をかけすぎる』とおじさんに言われていたと聞いたんですけど……」

「普段はそうなんですけどね。本気を出せば、クオリティもスピードも、多分幹以上です」

「そう、なんですか」

「……あの人はやっぱり凄いです。鉋だけでこんなに綺麗な艶が出せるんだもん。逆目もあるのにここまでなめらかに仕上げられるなんて、天才ですよ」

ジンさんの口調には微かな興奮が混じっている。分かち合えなくて申し訳ない。

「あとこの継ぎ手も見てください。違う木で作ったはずなのに、全く違和感がないでしょ」

背面を支えるパーツだ。言われてみれば少し色が違う。けれど、指摘されるまでは全く気づかなかった。

「……他の業者さんと、『彬さんは木の声が聞こえるんじゃないか』って話してたこともあります。ホントに、0・1ミクロンまで感覚的にわかっているんでしょうね」

す、と撫でてみる。温かくも、冷たくもない。つややかだけど、肌に馴染む。

屋根の補修の準備をしていると、ちょんちょん、と背中を突《つ》かれた。誰だろう、と振り返る。伸びてきた髪を高い位置で縛った有実だった。

有実は髪を揺らしながらとことこ静かに近寄ってきた。いつもは自分を見るとはしゃぎだすのに。ちょっと今日は変だな、と疑問に思った。

「てりーさん、これ……」

手にしていた小さな箱をこちらに差し出してきた。上を開けて中を見ると、モンブランがひとつ入っていた。

「うみのおやつだけど、あげる」

「大丈夫だよ、うみちゃんが食べて」

「でも、なんか、げんきないから……」

意外な言葉に「そう？」と首をかしげる。

有実は顔を少し赤くして頷いた。こんな子供に心配されるほど、疲れが表にでてしまっているんだろうか。まだまだ精進がたりないな、と苦笑した。

「まいにち、がんばってるから、たべて」

どうするべきだろう。小さい子相手に突っぱねるのも大人げないし、栗味は好きだけど……、と少し考えてから、しゃがみこんで有実と目線を合わせた。

「ありがとう。元気が出そうだよ」

有実はお礼を言われて照れてしまったのか、「きゃー」と言っていなくなってしまった。

――これは、毎日もっと頑張っている人にあげよう。

浩己はこっそりと作業場に入ると、休憩室のテーブルにケーキの箱を置いた。「うみちゃんからの差し入れです（ジンさんには内緒ですよ）」と置き手紙を一応つけておいた。

＊＊＊

今日がタイムリミットだ。十八時過ぎに彬の家に着くと、彼女はまだ組み立てていないパーツを残していた。

「高山さん、受け取り業者があと一時間で来るそうです」

家具専門の配送業者が来る。一応一番遅い時間に指定しておいたが、まだ、完成には至っていない。

「……うん。大丈夫。あとちょっとだけだから」

そう言うと最後の作業に入った。ばらばらだったパーツが形をなしていく。継ぎ手もぴたりとはまった。どうして設計図も何もないものが、こうして隙間なく組み合わさっていけるんだろう。それが職人技なんだろうけれど、傍から見ていると魔法と区別が付かない。

そう思うと、職人って魔法使いみたいだ。元は切り出してきた素のままの木材なのに、彼らの手にかかればそれが何代にもわたって愛される日用品へと変化する。その不思議で正確な淀みない工程の一つ一つを、ずっと見ていたくなる。

脚に歪みがないことを確認して「よし」と彬が小さく呟いた。それと同時に、家の外から地を這うようなブレーキ音が聞こえた。

「こんにちは！　天竺配送のものですけど……」

ばたばたと二人組の業者がやってくる。普段は引っ越しを専門に扱っているという二人組は手早く八脚の椅子を梱包すると、何故か彬にのみ深々と礼をして去って行った。

がらんとした作業場に残される。彬の「はぁ」という長いため息がやけに大きく響いた。

「お疲れ様です」

「一応、間に合ったね……」

「はい。……大切に、使わせてもらいます」

「すぐ帰る？」

「あ……いえ。お腹すいてませんか？　何か作ります」

「ホントに？」

「今までのお礼で……」

「……とりあえず、お風呂入る……」

よろよろと風呂場のほうへと移動していく。やけに頭がぼっさぼさだと思っていたが、今の発言から察するに昨日から風呂に入っていなかったらしい。

一時はどうなることかと思ったが、無事間に合った。「間に合わせる」の宣言通り終わらせた彬の意志には感服するしかない。

感慨深く作業場の床を掃く。

けど。だけど。

(あ……、あれ?)

突然クラッときて足元がふらついた。まだ健康上の不安など何もない年齢だ。と、すればこのところの寝不足が祟ったのかもしれない。いつもより平均して二、三時間は睡眠時間が少なかったから、体もあちこちが重い。

とりあえず五分だけでも……と、和室で二つ折りにした座布団を枕に横になり、眼鏡を外した。

背中から体の力が吸い取られるように抜けていく。目が開けられなくなっていく。全身が波間を漂ってるみたいだ。ここ、どこ、なんだ、ろう。

「どうしたの？」

呼びかける声が近くに聞こえた。ああ、ここは彬の家、というか作業場だ。

「あ……、ごめんなさい。すぐご飯用意します」

はっきりしない頭の中で、反射的に思い浮かんだ言葉を口にする。そのまま上半身を起こそうとするが、背中が畳に張り付いて持ち上がらない。

「無理して起きなくていいよ」

肩をやんわり押し返される。そして同じぐらい、柔らかな、声。

「もうちょっと休んでなよ」

「すみません」

ああ、なんて自分はかっこ悪いんだろう。がんばったのは自分じゃないのに。却って気を遣わせてしまった。

わかっているけど、……今はその言葉に甘えるしかない。だって体が思うように動かせないから。

「本当にすみません」

もう一度謝ると、再び目を閉じた。

彬が何か言った気がした。でもそれも、現実のことだったのか、ただの夢だったのか、確かめる気力すら残っていなかった。

＊＊＊

ごろ、と寝返りを打って目が覚めた。布団より硬いけど、心地いい畳の感触。毛羽立った、けれど暖かい毛布が、体の上にかけられていた。

虫の音、ホーホーという鳥の鳴き声が、外から聞こえてくる。窓の外は真っ暗だ。ここは自分の部屋ではない。彬の作業場の休憩室で「ちょっと休む」だけのつもりがだいぶ寝入っていたようだ。

(そうだ、夕飯……)

作ろうとして寝てしまった。彬はまだ起きているだろうか。そもそも今は何時なのか……。暗がりの中でスマホを手探りしたときだ。

横に誰かいる。

(って、ちょっと！)

横を向くと、すぐ隣で彬が寝ていた。すうすう、と心地よい寝息をたてて。近眼でもピントが合うぐらいの位置に、伏せたまぶたを縁取る長い睫毛が、ある。

なんでこんなことになってるんだろう。一気に心拍数が上がって目が冴える。彬は部屋着のパーカを着ているから、風呂から出た後ここまで来たんだろう。そういえば、母屋は燃えてしまっているから、彬はここで寝泊まりしてるんだった。

頭の中が騒がしくなる。これは幸運なんだろうか。それとも試練を与えられているんだろうか。

触れる、再び寝る、そっと帰る――どの選択肢が正解なのか、どれを選べば後悔がないのか、全くわからない。こんなシチュエーション、自分のキャパを完全にオーバーしている。

でも。

(まぁ、ラッキー、かもなぁ……)

こんなに安心しきって眠っている姿が見られるなんて、いいことじゃないか。怖がったり不安で眠れないよりずっとマシだ。彬は横にいても邪魔にならないぐらいには、自分に気を許しているんだろう。それで、いい気がする。

彬のまぶたがぴく、と動いた。

「起きてる?」

尋ねられてドキッとした。

彬はもぞもぞと目をこすってから、仰向けになった。少し、距離が離れた。

「はい……」

「さっき、また鼻血出したのかと思った」

「……自分でもちょっと焦りました」

さっき立ちくらみを起こしたとき、「またか」と少し思った。幸いただのめまいだったようだけれど。

しばらくの沈黙が訪れる。自分の心臓の音だけが、やたらと耳につく。

「あの……」

「うん?」

彼女に伝えたいこと、言わなきゃいけないこと。あるのに、次の言葉が出てこない。

「……ちゃんと、聞いてるよ」

「え……」

「緊張するってことは、大事なことなんでしょ。焦んなくていいよ。言えるまで待ってるから」

あ、そうか。

この人、いつもそうだった。自分がうまく喋れなくても、意味の伝わらないことを言っても、笑ったり蔑んだりはしなかった。

だから、だ。

だから。

「あの……、もう、納品は終わりました、けど……」

「うん」

「……これからも、僕のこと呼んでください」

何故か沈黙。

耐えきれなくて、早口になって言った。

「あの……っ、手続きとかでわかんなくなったときとか、掃除がめんどくさくなったときとか、あと……お腹すいたときとか。くだらないことでもいいです。力になりたいんです」

「……そんな、仕事もあるし大変でしょ。もういいよ」

遠慮するなんて彬らしくない。違和感を覚えながら食い下がる。

「それ……は、暇なとき来るんで。心配しないでください。あなたの作るものが好きなんです」

「いや、ホント大丈夫だから。今までごめんね、振り回して」

そんな言葉を聞きたかったんじゃない。もどかしさに、苛立ちがつのる。

「もう、役に立てないんですか。僕のこと、いらないんですか」

「……どうしたの」

「だって、心配ですよ。高山さん、僕がいなかったら……死んじゃってそうで。変なところで抜けてるし。で何考えてるか不明だし、ご飯は自分で作らないし、放っておけばいつまでも仕事をしてるし」

ジンさんに言われたからじゃないけど、こんな人支えられるのはきっと自分ぐらいだ。

結ばれることは、多分ない。それでもいいから、近くにいることだけでも、「いいよ」と言ってほしい。

彬が顔を背けたままプッと笑った。

「チェリーのくせに言うねぇ」

……またそれかよ。こっちが真剣に頼んでるっていうのに、そんなふうにはぐらかして。

女にとって、自分はやはり「男」たりえないだろうか。真面目に想いも聞いてもらえない。絶望的に相手にされてない。それどころか、今後かかわることすら許してもらえない。

ああ、もういいよ。そっちがその気なら、こっちだって言わせてもらうからな。

「チェリーって……、誰のせいだと思ってるんですか」

「えー、私のせい？」

「……そうですよ。あなたのせいですよ」

ひどい言いがかりなのは自分でもわかっている。

でも、もし彼女に出会わなかったら、休みの日が潰れることもなかったし、他の女の子がもっと綺麗に見えていたかもしれない。それで、恋をしていたかもしれない。

……本当に「もしかしたら」の話だけど。

暗がりの中、彬の猫眼と目が合った。結ばれた、みたいなおなじ熱のある視線。

え、まさか、と思っているうちに彬の手が肩に置かれた。

「じゃ、責任とってあげよっか」

言葉が出てこない。どういう意味……かは、さすがにわかる。体の芯に、一気に熱が走った。

ぎゅっと抱きしめられる。もう何が何だかわからなくなって、抱きしめ返した。女性のわりに力が強いくせに、背中も腰も細い。肌が、髪が、柔らかい。

そして唇が触れた。同情だろうか。そのわりにはやけに情熱的な気がする。くっついて離れて、またくっついて啄んで。

さっきは「もう来なくていい」って言ったくせに。抱き合ってキスして……って、どういうつもりなんだろう。頭がおかしくなりそうだ。

でも、放したくない。

もっとわがまま言ってほしい。

あなたのことで頭んなかいっぱいにしたいし、自分のことでいっぱいになってほしい。さみしさとか劣等感とか泣きたくなる過去なんて、少しも感じる余裕がないぐらいに。

背中のくぼみに額をこすりつけた。すべすべしてとろけそうなほど気持ちいい。普段重んじてるはずのルールやモラルなんて、この瞬間に比べたら何の価値もないと思った。

「……どうしたらいいですか？」

小声で尋ねると、耳元でからかうような声がした。

「君の好きにしていいよ」

＊＊＊

まぶしさを感じて目を覚ました。ぐっすり寝たせいか体はやけに軽い。起き上がり、脱いだまま散らかっていた服をかき集めて身につけた。足元で寝ていた猫を抱いて台所に向かう。一旦猫をおろすとうがいをして、ひんやりした流水で顔を洗った。

（あの人……、どこ行ったんだろう……）

あくびをしながら辺りを見回す。彬の姿は見えない。トイレにでも行ったのかと思ったが、母屋のほうからの物音も何一つ聞こえてこない。代わりに、ほんのり甘い香水の匂いが微かに漂っていた。

台所のテーブルの上に、メモがあった。サインペンで書かれた、彬の筆跡だ。

「ネコのことよろしくね」

（ネコ……）

ぼんやりした頭をすっきりさせるため、コーヒーを淹れることにした。しゅんしゅん、やかんから出る蒸気が軽い音を立てる。その間、猫にエサを用意した。

簡易ドリップ式のフィルターをカップの上に広げ、「の」の字にお湯を注いでいく。こぽこぽ、とフィルターが音をたてるたびに、昨夜の記憶がだんだんはっきりしてくる。

『これで、〝チェリー〟じゃなくなったね』

一気に顔だけじゃなく、全身が熱くなる。思い出すだけで羞恥のあまり悶絶死しそうだ。

……意外に子供みたいに甘えてくるんだな、とか、キスをせがむときの「もっと」って言い方がかわいすぎたな、とか、立て続けに二回はさすがに調子に乗りすぎたかな、とか。自分もそうだけど、彬も別人みたいだった。寂しがりやで甘えたがり。寝入るとき「こうしてて」って手を握られたときは、そのままもう一度抱き寄せてしまいそうだった。

でも今頃、冷静になっている頃かもしれない。全部が演技だった……とまでは言わないけれど、朝になったら魔法は解けて、元通りの関係になってしまうんだろうか。それとも、夜のときみたいに自然とすり寄ってきたりするんだろうか。全然読めない。一体、どんな顔をして「おはよう」と言えばいいのか、そして彼女は自分を何と呼んでくるのか――。


突然、勝手口が開いて、ジンさんが現れた。

「あ、桜田さん、おはようございます」

「お……は、よう、ございます……」

こんな時間に、こんな皺だらけの服、加えてこのぼさぼさの頭だ。泊まったのは明白だろう。気恥ずかしくて思わず目線を逸らした。

ジンさんは特に気にもとめず、浩己に尋ねた。

「彬さん、どこですか？」

「あ……、あの、ちょっと見当たらないんですけど……」

散歩でも行ったんだろうか。

浩己の回答に、ジンさんはあからさまに肩を落とした。

「そうですか……。間に合うかと思って急いで帰って来たんですけど。もう行っちゃいましたか」

「え？」

どういうことだろう。「もう」「行っちゃった」とは。不穏な響きだけど思い当たる節がない。

あっけにとられる浩己に、ジンさんは坊主頭を掻きながら言った。

「あれ、お聞きになってませんか？」

なんのことだろう。聞いていない。

「どうしたんですか」と単刀直入に尋ねると、思ってもいなかった答えが返ってきた。

「彬さん、しばらく他のところで働くそうです」

「は？」

「前々から誘われてて、悩んで決めたそうです。火事のことがあって延期になるかと思いましたが……、やっぱりダメでしたか」

ジンさんから放たれた一言は多分衝撃的なものの類だったんだろう。けれど、現実味が薄すぎて飲み込めなかった。信じたくない、だから信じなかった。少なくとも、ジンさんが「ああ、やっぱり、道具もなくなってますね」と言うまでは。

「行き先は……」

「教えてもらえませんでした。でもパスポートを取り直していたようなので、海外かと」

ぐら、と体の力が抜けた。その場に崩れおちそうになったが気合でこらえた。でもその兆候が全くなかったといえば、違う。少しずつ気になることもあった。ちょうど、砂浜に立った足元を、波が削っていく、ように。

まず、自分らのあとに新規の仕事を受けている様子がなかったこと。火事に遭っても他の取引先に連絡をとっている感じでもなかった。そもそも、今乾燥中の木材がほどんどないこと。違和感があっても何も聞かなかった自分の責任でもあるかもしれない。

だけど、なんで自分に何も言わない？　ついさっきまで……体を合わせていたのに。言いたいこと言って、他の人には見せない笑顔で笑って、自分の作った料理を美味しそうに食べて……どういうつもりだったのかよくわからない。

でも、ひとつだけはっきりしていることはある。

捨てられたんだ。

純情と呼べるほど大それたものじゃない。だけど、自分が何の覚悟もなく一線を越えたりするような人間じゃないことぐらい、あの人にだってわかってたはずだ。なのにさんざん利用して、退屈しのぎにからかって、甘い褒美を与えてから突き放すという一番傷つく方法で自分の前からいなくなった。置き手紙にも「さよなら」の一言すらない。自分なんてどれだけショックを受けようが恨まれようが構わない、そんな存在だったんだ。

すぅ、と熱を帯びていた頭が急に冷えていく。

「そうですか。それじゃ、私はもう行きますので、戸締まりお願いします」

「え……、どこへ行かれるんですか」

「今日も出勤なので。……納品、間に合ってよかったです」

呆気にとられているジンさんを尻目に「今までありがとうございました」ときっちりお辞儀をしてから作業場を後にした。家を出ると、昨日から置きっぱなしの自分の車が頼りなく朝露に濡れていた。

運転席に乗り込んで、エンジンをかける。早くも喉の奥が疼きだす。だけど振り返らず、サイドブレーキを解除してアクセルを踏み込んだ。

「……どこへでも行っちまえ、クソばばぁ」

らしからぬ乱暴な言葉が口をついて出た。それがもう、本心から出たものなのか、強がりでしかなかったのか、自分自身よくわかっていなかった。

第九章「消えない傷をつけてくれ」

「桜田くん、来週また東京出張入ったからよろしくね。今度の三県合同フェアの打ち合わせしたいってさ。ついでに北青山にも寄ってきて」

はい、と頷く。あっけないほど、日常は何も変わりなく過ぎていく。穴の開いた心を抱えたまま。泣きたくなることも、ない。生活が荒れることも、ない。ただ、二度と手に入らなくなったものの幻影が、たまに息を苦しくするだけだ。

彬がいなくなってから月齢は一巡り以上している。その間、連絡は一切ない。彼女と自分の繋がりなんて、そんなもん。わかりきっていたことのはずなのに——。

「浩己、どうしたの？　食欲ないの？」

言われてまたボーッとしていたことに気がついた。今日は出張のついでに実家に寄り一泊することとなっていた。

もそもそと、夕飯ののこりを平らげる。サバの味噌煮とけんちん汁。なんとなくいつも色味が茶色いご飯を作るのは、しっかり自分にも受け継がれているなぁ、とぼんやり思った。

「出張でこっちに来ることが多くなったんなら、もっと帰ってきたっていいんだよ。あんたの家でもあるんだから」と母親に言われて「あーうん」と適当にうけ流す。

2LDKの実家は、集合住宅にあって手狭なため、就職してからはあまり寄りつかなくなっていた。今回はたまたま気が向いたというか、少し自分はほっとしたがっているのかもしれない。けど、

「ちょっとあんた痩せたんじゃないの？　ちゃんと食べてるの？　そういえば、顔色も良くないけど」

こうやって気を遣ってくれる家族がいるというのは、ありがたいことなのかもしれない。でも自分もそこそこいい歳だし、要らない心配をかけないというのも親孝行だろう。

「大丈夫。早起きしたから眠いだけ」

と言って早めに風呂に入って寝ることにした。

かつての自分の部屋は半分物置きと化していて、自分の荷物はかろうじで脚付マットレスとその下に収納された衣装ケースのみが残されていた。

衣装ケースの中身は昔着ていた服だ。寝るときになにか着るものでもあれば、と中身を引っ張り出す。

（こんなの取ってあったのか……）

高校の指定ジャージを奥の方で発見した。虫食いがないか広げると、中から白い布がはらりと落ちてきた。

（あ、これ……）

昔、祖父母たちと旅行していたとき、偶然出会った女の人にもらったハンカチ。少し毛羽立った布地も、蝶の刺繍も、無残に付着した鼻血のあとも、そのままだ。

こんなところにあったのか。てっきりなくしたと思っていた。捨てるのがもったいなくて一応取っておいたジャージの中に紛れ込んでいたとは。

突然現われて、助けてくれて、唇に触れていった「蝶々さん」。――喋った内容はだいたい覚えているけれど、顔はぼんやりとしか思い出せない。恥ずかしくてあんまり目を見られなかったせいかもしれない。

皺の寄ってしまったハンカチを畳みなおすため一度広げた。ずっとしまってあったから、ものすごく微かにだけど、しみこんでいた香水のかおりが残っていた。甘くて官能的で、艶やかな蝶にぴったりだ。懐かしいな、浸りかけてふと気づく。最近、似た匂いを嗅いだ気がする。

（高山さん……の、だよな）

彬が、おそらくは外出時にのみつけていた香水。二次会のときと、いなくなった日の朝に、鼻をくすぐったものとよく似ている。そういえば共通点の多い二人だ。自分はあの手の女性にからまれやすいのかな、と思う。

多分、年の頃は「自分より少し上」でほぼ一緒。二人とも印象はちょっとキツい系の美人。確か蝶々さんも、痩せてるけど腕とかはがっしりしてて……

（……えっ、ちょっと待って）

彬と蝶々さんとの共通点を「まさか」と「もしかしたら」で繋ぐと交わるポイントがある。自分が鼻をぶつけて出血したときに彬が聞いてきた不可解な質問、一緒に星を見に行ったときの「覚えてない？」発言、そして「結婚式の日に昼間から酔っ払っていた」という彬の行動だ。彼女が結婚したのは七年前の春だとジンさんは言っていた。

七年前の春。自分が白昼堂々飲酒する不思議な女性に助けられたのも、同じ季節だ。居ても立っていられず、ジンさんにメールで尋ねた。

『変なことを聞いてすみません。高山さんが結婚された日って、何月何日でしたか。わからなければ、いいです』

するど五分ほどで返事があった。

『3月26日です。幹の誕生日だったので覚えています。よく彼は「小さい頃は、生まれたのが遅かったせいでずっとクラスで一番小さかった」と言っていましたから』

そのメールには「ありがとうございます」とだけ返信して、物置状態の部屋の中から昔使っていたデジカメを探し当てた。

入れっぱなしだったSDカードを取り出し、パソコンに読み込ませる。

七年前の家族旅行の写真。プロパティを開いて出てきた日付は……3月26日だった。

今頃になって気づいた事実に愕然とする。自分たちは——おそらくだが昔、出会っていた。そして、彼女はあの旅行中に鼻血を出していた男子が自分と同一人物だとわかっていた。「もっと早く出会っていたかった」と思ったこともあったが、とっくの昔にそうなっていたのだ。

あのとき彼女が泣き出したのは、当時置かれていた「望まない結婚」と「おじさんの病気」という境遇がつらかったからだ。ただ、何故キスしていったのかは……やっぱり不明だ。酔っ払って自暴自棄になっていただけかもしれない。

「二人が同じ人だった」と気づいていたら何が変わっていたのかはよくわからない。結局今と同じように弄ばれて捨てられる運命だったかもしれない。ただ、そうじゃない「現在」に繋がるきっかけになっていた可能性だってなくはない。少なくとも打ち解けるのにかかる時間は、若干短くなっていただろう。

あのときはありがとうございました。ああ、すっかり大人になってたからわかんなかった。そりゃそうですよ、七年も経ってますから……。

（そんなの……、今更か）

無意味なシミュレーションを続けようとして、慌てて脳内にストップをかけた。そんなことをしたって何も変わらない。第一、彬の方は知っていただろうに自分に何も言わなかった。あのときのことをわざわざ蒸し返したくないという気持ちの表れだ。この事実を大仰に捉えているのは自分だけだ。

七年前に一度だけ会った二人が、偶然仕事上の相手として再会した。少し心の交流を持ちかけたけれど、（表面上は）何もなく終わった。箇条書きにすればきっと、似たような話なんて世の中にごまんとあるに違いない。

それでも、と沸き起こってきた後悔に無理矢理蓋をする。広げたハンカチは、適当に畳んで再び衣装ケースの奥の奥にしまい込んだ。気持ちは激しく揺れている。だが彼女からの連絡が一切ないという事実の前では、浅はかな期待など抱けるはずもなかった。

＊＊＊

明治通りに架かる歩道橋の上でふと立ち止まった。都会に吹く風もからりと涼しく乾いていて、日差しは強いけれど真夏のそれのように痛さを感じるほどではない。雲一つない空は、青と白のちょうど中間の秋色。後悔で寝不足の体には、少し明るすぎるぐらいだ。

歩道橋をおりてしばらく原宿方面に歩くと、目的地が見えてきた。「お役所のやることにしてはセンスがいい」と褒めたのは誰だったか。

早くもクリスマスのディスプレイが施された入り口を通り抜け、店内に入る。顔見知りの店員が品出しをしているところだった。「すみません」と声をかけた。

「こんにちは。本部長は今どちらですか」

「ああ、桜田さん。いまお昼休憩中なんですが、すぐ戻ってくると思います」

それじゃ、中で少し待っています、と告げて店内をうろつく。

ぼんやりとしながらも、事前チェックで数字が上がっていないコーナーをチェックする。そもそも動線が悪いのか、客の立ち入りづらい場所だ。いっそのこと、ここは什器を取り払ってエンド台として展開したほうがいいのではないか。今度提案してみよう、とメモ帳に記録した。

「お買い上げいただいたお飲み物は、あちらのカフェコーナーでもお飲みいただけます」

穫れたてぶどうジュースを買ったカップルに、スタッフがそう伝えていた。

カップルが「そうなんだ」と言い合って立ち去った。

「これ、いいねー……」

「なんだろうね。なんか座り心地が違うよね。デザインもいいし」

「あ、やっぱハンドメイドだってさ。こういうの作ってる職人さんが県内にいるんだって」

そんな会話が聞こえてきて、動きを止めた。カフェコーナーに目をやると、先ほどのカップルが、まだ真新しい白木の椅子に座っていた。


あれ、は、高山さん、のだ。


最後の一週間、あの人が、寝る間も惜しんで作ったもの。「もうやりたくない」と拒否していたのを、どうにか説得して作ってもらった「あの」椅子だ。

「あー、お金持ちになったらこんなのほしいなー」

「無理だよ。こういうのって高いんだよ」

彼女が作ったモノが褒められている。自分のことのように嬉しくて、こそばゆくて、努力が報われたことに安堵した。

だけど……。

それから本部長が現れて、そのままカフェコーナーで来月からのイベントの打ち合わせをした。標準体型の自分に合わせて作ったから、彬の椅子はぴたりとはまった。

「そうそう、この椅子、結構問い合わせ多いんですよ。『いくらなんですか』『どこで買えるんですか』って」

ああ、と苦笑しながら頷いた。「蛭子さんセンスいいですよね」と適当に合わせる。

打ち合わせが終わり、スケジュールに打ち込む。鞄を持って立ち上がったとき、椅子の下にボールペンを落としてしまった。相当、注意力が落ちている。

拾おうとしゃがんで手を伸ばす。再び立ち上がろうとして、今度は座面に頭をぶつけてしまった。

ぐらりと椅子がゆれた。ひっくり返って破損でもしたらマズい。あわてて脚をつかんだ。

（あれ、これ……）

座面の裏の真ん中にある署名。「アキ」じゃない。雑に彫られているけど、いつものとはちがう。

「├｜□ ++」

（なんだこれ……）

よく見てみよう、と横から覗き込んだ。そのとき気がついた。

（もしかして……）

ヒロキ

慌てて他の椅子の裏も確認する。他はすべて通常どおり楔形文字みたいな刻印で「アキ」となっていた。彼女の果たした、最後の仕事。なぜか、これだけ、自分の名前に。

なんだよ、なんでだよ。

なんでこんなこと、するんだよ。

自分に何も言わずに消えた酷い女のままでいてくれればよかったのに。なんでこんな、余計忘れられなくなるようなこと、するんだよ。

どういう意味があってやったのかは、もちろん本人にしかわからない。ただの共同制作者としての記録かもしれない。そうだとしても「ありがとう」の気持ちがここに込められてるみたいだ。たったそれだけのことで、息が、心が苦しくなる。

繋ぎ止められなかった後悔だろうか。それともあのときのことを思い出してしまうからだろうか。とにかく胸が痛くて仕方ない。ずっと、抑えつけていた悔恨が、今になってあふれだして全身から力を奪った。

ごつん、と座面に額をぶつける。椅子の前で座り込んだまま立ち上がれない。このまま、息が止まって果ててしまえればいいのに。そんなことを願った。

「どうしたんですか？　具合悪いんですか？」

「すみません」

従業員に尋ねられ、とっさに返事をした。だけど体が動かない。

「本当にすみません。ちょっとこのまま休ませてください……」

するとそばにいた人はそっと立ち去った。

『チェリーくん』。

彼女の声をまた思い出した。不思議と涙は出てこない。だけど、こんなにつらい思いは今まで味わったことがない。

出会わなければよかった。無駄に傷つけられただけだった。やっぱり自分は、誰にも愛されることはないのだ、と悔やんでばかりいたけれど違ったのかもしれない。

きっと、彼女にも届いていた。自分は、彼女の一部になっていた。必要とされていた。だけど、あと一歩のところで摑まえられなかった。だから、やりきれないのだ。

それでも何とか力をふり絞ってよろよろと立ち上がる。ずり落ちた眼鏡をかけ直し、乱れた髪の毛を撫でつける。もう帰ろう、と踏み出そうとしたとき横から呼びとめられた。

「あの、すみません」

声をかけてきたのは先ほどのカップルの、女性のほうだった。

「なんでしょうか」

女性はす、と浩己が先ほどまで凭《もた》れかかっていた椅子を指さした。

「これ、作った人ってどんな人なんですか？　知ってますか？」

「えっ……」

「さっき他の店員さんに聞いたら、ちょっとわからないと言われてしまって。『でもあの眼鏡の方が担当だったからご存じだと思いますよ』と紹介してくれたんですけど」

ああ、そういうことか、と頷いた。

「ええ。その人はとても……」

すごい技術をもった職人さんで……言おうとして声が喉でつかえた。

どうしてだろう。「チェリーくん」と自分を呼んでいた彼女を思い出すたび、それまでの自分じゃいられなくなってくる。無難な言葉、空気を読んだ言葉ばかり言い過ぎて、いつのまにか心がすり減ってしまった。

ありあわせじゃない。ちゃんとした自分の思いを表現するのならば。

「とても、綺麗な人でした」

女性は「女の人だったんですか⁉」と驚きに目を丸くした。はい、と軽く頷いて返した。

「残念ながら現在は休業中なんですが」

「じゃあこれって貴重なんですね」女性は写真を撮ってから帰って行った。

変な職員、と思われただろうな。でもそれでも構わない。

『それ、もうボロボロだからあげる』

七年前の春に会った彼女の言葉を思い出した。

瞬間、自分は恋に落ちたんだ。

「綺麗な人」

——あくまで自分の主観でしかない。だけど自分にとっては確かに「そう」だった。初めて自分の前に現れたとき。ふとしたときに見せる子供みたいな笑顔もそうだ。それに作業中の真剣な表情。いつでも自分は、彼女ばかり見てた。

高い山にいるはずの、美しいだけじゃない、しなやかで、ちょっと毒があって、でもやっぱり目が離せなかった蝶。羽ばたくのに疲れた彼女が、ほんのちょっと羽を休めたのが、自分という止まり木だった。

自分に自信がなくて一歩が踏み出せなかった。そんな態度に、彼女も愛想をつかしたのかもしれない。

回りくどい言い方で、本心を見せない方法ばかりで繋ぎ止めようとしていた。建前という逃げ道を必要としていた。相手よりも自分の心が大事だという浅はかさを、きっと賢い彼女は見抜いていた。誰になんと言われようと、世間に批判されようと、それでも構わないと言える強さがあればよかった。

（高山さん）

なんで出て行ったんだと、問い詰める気は今はない。それよりもただ戻ってきてほしい。

だってまだちゃんと言ってない。作るもの、とか、ここが、とかじゃなくて、あなたのことが、

（すき、です。初めて会ったときから）

まだ十代だった自分に一生消えない記憶を残した。そのせいで、他の子には一切ときめかなくなった。ずっと異性と縁がなかったのはやっぱりあなたのせいだったんだ。そして別れる前の一夜。あなたの声を、肌を、温もりを、この体が覚えている。何千回思い出したって飽きることなんかない。だってあなたは自分の唯一の人だ。

そうだ、それでいいんだ。

忘れられないなら、無理に忘れる必要はない。ずっとこの思いを抱えていけばいい。

そして思い出した。

鮮やかな羽を持つアサギマダラは、はるかな海を渡る蝶だ。だけどいずれ戻ってく

るのだ、と。

＊＊＊

「やっぱ寒いなぁ……」

はぁ、と吐いた息が白く浮かび、庭先に溶けていく。今日は今季で一番の冷え込みだと聞いている。

実家を出てから、四度目の冬がやってきた。

皮膚を刺すような冷たい風も、雲の切れ間からのぞく頼りない日差しも、彼女を育んだものだと思うと、去年までよりもほのかな親しみを感じられた。

誰も住んでいない家は、傷むのが早くなる。空気の入れ換えのため、窓を開けていく。火事で焼けてしまった居間の周辺は、いつのまにかキレイになっていた。

ポストに届いた郵便物を保管しておこうと、玄関にある書類ケースの引き出しをひいた。かつて自分が入れたのと同じ場所に、彬の免許証が置いてあった。

何気なく裏を見て、気がついた。「新氏名・高山彬（本籍変更）」と、火事にあった日の日付で記載されていた。つまり彼女は、元の夫ときちんと別れて旅立ったのだ。

悔しいような、安心するような。どっちにしろ今ここに彼女がいないことは変わらないが。罪悪感は、少しうすれた。

電気が使えないので箒とぞうきんで家の掃除をする。開け放たれた掃き出し窓は庭に面していて、一仕事終えると持参した水筒から温かいお茶を注いで飲んだ。

程なくして灰色の子猫がやってくる。この猫の名前は「ヒロ」というらしい。名付け親は彬とのことだ。自分の前ではその名前で呼んだことはなかったのだが、引き取ったときからそう呼んでいた、と璃空が言っていた。これまた用意していた猫缶を開けると、猫のヒロは遠慮がちにそれを食《は》んだ。ちょっとテンポが遅い。確かに、自分に、少し似ているかもしれない。

車のブレーキ音が聞こえた。そして誰かが近づいてきた。

高齢者にしては長身の、身なりのいい男性。彬の祖父だ。

「あ……」

お久しぶりです、と頭を下げる。

「彬を待ってるのか」

はっきりとした口調だが、これまでのような威圧感はない。浩己は目を見て「はい」と頷いた。

祖父は少し憐れっぽく俯いて笑った。

「ずっと待ってたって、あいつは帰ってこんよ」

「どこにいるか、ご存じなんですか」

「……あいつから、手紙が来た。『元気でやっている。ご心配なく』だと」

切手に書かれた国名はフィヨルドで有名な北欧の国。……そんなに遠くまで行ってしまったのだ。

「行った理由について、何か聞いていますか」

自分やジンさんには語ることはなかったが、血の繋がった祖父になら何か言い残していたかもしれない。

「よく知らんが、あちらの国も木工が盛んなんだそうだ。それで、工房から技術指導と戦力として白羽の矢が立ったらしい。一人でやっていくよりも、そっちのほうが安定はするからな」

彼女がヒトにモノを教える……。あまり想像つかないが、意外に面倒見がいいらしいので、できなくはないか。

「幹の技術を受け継ぐことにも繋がる。そういう意味があるのかもな」

おじさんに対する彬の思いを考えると、あり得なくはない気がした。

「……彬は私に似て頑固だ。一度これ、と決めたら滅多なことで曲げることはない。しばらく……年単位で帰ってこないだろうな」

　それじゃなんで来たんだろう。そっと尋ねると「なんでだろう。家が荒らされてないか気になった」と難しい顔をして笑った。

「補修をしたのはあなたですか？」

「私じゃない。業者に頼んだ。私は、金を出しただけだ」

　彬の祖父が隣に腰を下ろした。ゆっくりとした時間が流れる。しん、と冴えた空気が、心を、ほんわり溶かした。

「わた……僕は、彼女のことが最初苦手でした」

　祖父は特に咎めることも驚くこともせず、「ああ」と相づちを打った。

「僕は、彼女に仕事を依頼した側の人間です。それで、立場上僕のほうが弱いのを利用して、わがままばっかり押しつけてきたんです。正直、関わったことを後悔したりもしていました」

　猫が膝の上でみー、と鳴いた。この子が生まれたとき、その後悔は最大限だった。

「でも、自分がちゃんと『嫌だ』って言うのを、促そうとしてくれていたのかもしれません。それに、彼女のおかげで、新しいことを知ったり経験したり、いろいろ楽しかったです」

忙しくも淡々と過ぎていた日々が、彬と再会してから急に変わった。多分、嫌々呼び出されていたのなんて、最初の一、二回ぐらいだ。あとは本当は楽しんでいた。

「この人、変なことばっかり言ってどうしようもないな」と思いながら。

「自己満足でいいんです。ただ、もう一度会えるなら、待ってみたいんです」

彬の祖父は「無理せんようにな」と言って、ゆっくりと立ち上がった。猫のヒロが名残惜しそうに体を擦りつけた。ヒロは、この男のことが気に入っているようだ。その辺も、この猫と自分はよく似ている。

また、一人と一匹になった。空は白くけぶっている。先の見通しは、全く、ない。自分のやっていることは滑稽だろうか。帰ってくるあてのない人を待つ。人生は有限なのだから、もっと前向きに生きろ、と他の人が見たら言うかもしれない。

でも、忘れるどころか、日に日に想いは強くなってくる。せめてこの気が済むまでは、止めることはできない。したくない。

人は変わっていく。精神的にも、肉体的にも。成長することもあれば退化することも、もちろん望ましくない「老化」となって現れることもあり、それがほとんどだ。

でも、いつか彼女と再び出会うことがあったら、ちゃんと自分の言葉に責任を持てる人間になっていようと思う。そう変わっていきたいのだ。

その中でも、きっと「変わらないもの」はある。

木が年輪を刻むように、想いの長さがその強さに変換されていけばいい。そんなことを考えた。

＊＊＊

郊外の谷に、山に、厳しい冬の寒さが降りてきて、雪が積もり、やがて陽光に照らされて溶けていった。それから暴力的な暑さの夏がやってきて、彼女がいなくなった季節に一巡り。そしてまた、凍てつく冬の音が慌ただしさとともにやってきた。

「向坂さん、来月発行のパンフの最終稿上がってきたんですけど、一応誤字脱字とか写真に間違いないかチェックしてもらっていいですか」

はい、と向坂が頷いた。

「最近どもらなくなっ……なりましたね……」

向坂が言った。無理に敬語を使おうとしなくていいのに。

「気づきませんでした」

苦笑いしてそう返すと、向坂は「ふん」と露骨に顔をしかめた。

「おどおどしてるのが面白かったのに。つまんないの」

向坂は「ああ、ところで」と突然話題を変えた。

「今度の土曜、美緒ちゃんの送別会があるんだけど、来られる？　タッキーから『桜田くん大丈夫かな』ってお誘いあったんだけどさ」

検査技師の資格を持つ美緒は近々退職し、市内の病院で働き始めると聞いた。……滝沢と、一緒に暮らし始めるのもそう遠くはないらしい。順調そうでなによりだ。

義理で誘ってくれたのだろうけど、正直行ったところで気まずさはある。浩己は一応カレンダーを確認してから言った。

「ちょっと用事があるので、遠慮しておきます。プレゼントだけ渡しておいてください」

「……何の用事？」

「ろくでもない用事です」

笑ってごまかした。向坂は少し眉根を寄せたあと、「あっそ」と想定内の返事で返してきた。

＊　＊　＊

陣内家に立ち寄る。有実と璃空はクリスマスパーティーの準備をしていた。

おそろいのワンピースを着ている。璃空は「どうしてもってジジがいうから」と不満顔だ。出会ったときは男の子みたいだったけど、こういう格好をしてると女の子にちゃんと見える。

飾り付けはしてあるが、家財道具などはところどころ片付けられている。ジンさんの息子が、都内に家族と一緒に住むための家を買ったらしい。春になったら、彼らもここから出て行く。

「二人とも、にあってるよ」

そう言うと、有実は飛び上がって喜び、璃空は焦ったように顔を真っ赤にした。

「ばーか、ロリコン。へんたい。へんな目で見るなー」

「てりーさん！　すき！」

「ところで、猫のヒロは……」

「おさんぽ中。外だと思うよ!!」

それなら彬の家のほうだろうか。浩己は「ありがと」と言って玄関の扉を閉めた。

(……今年もまた冷えるな)

あれから、一年以上経った。こうして定期的に訪れてはいるが、有実も璃空も、猫も大きくなり、皆が変わっていく中、自分だけ取り残されて行くのを日々実感している。焦燥感と、寂しさに眠れない時もなくはない。

それでもまだ、諦めきれない自分も大概しつこいのかもしれない。

「とりあえずペット可の物件探すか……」

ジンさんがあの家からいなくなったら、自分がヒロの世話をするしかあるまい。あの人に「ネコのことよろしく」と頼まれたのは、他でもない自分だ。

ヒロは彬の家の前で寝ていた。自分が近づくと、急にピッと耳を立てて起き上がった。

こちらに近づいてくるかと思いきや、急に旋回して作業場のほうへと駆け出す。

「おーい、どこ行くんだ?」

追いかけていくと、作業場の窓が開いていた。おかしい。この前空気の入れ換えをしたあとは、ちゃんと戸締まりをしたはずなのに。

（――まさか）

急に意識を向けて耳を欹《そばだ》ててみる。……微かに水の音が聞こえる。

もつれる足で出入り口へ向かう。水音は確かにこの薄い扉の向こうから響いている。足元には開け放たれるのを今や遅しと待っている猫がいた。その猫を抱き上げて、一度大きく息を吸う。

ゆっくりと急ぎのあいだぐらいのスピードで引き戸を引いた。中で鉋研ぎをしていた人が、こちらを振り向いた。その細い手首には、かつて見慣れた腕時計が巻かれていた。

「ただいま、ヒロ」

参考文献

『椅子―人間工学・製図・意匠登録まで』 井上昇 建築資料研究社
【原色】木材加工面がわかる樹種事典』 河村寿昌/西川栄明 誠文堂新光社
『樹から生まれる家具―人を支え、人が触れるかたち(百の知恵双書)』
奥村昭雄 OM出版
『木の匠たち―信州の木工家25人の工房から』 西川栄明(著)、山口祐康(写真)
誠文堂新光社
『アルプストレッキング BESTコースガイド』 昭文社
『地方創生観〜東海版〜第4号(流行発信MOOK)』 田中光男(編集)
名古屋リビング新聞社
『読めば差がつく! 若手公務員の作法』 高嶋直人 ぎょうせい
『ゼロからわかる 自治体の予算査定』 久保谷俊幸 学陽書房

この本を書くにあたり、たくさんの方に多大なるご迷惑をおかけしました。
謹んで、謝辞を述べさせていただきます。

【取材協力】
長野県庁　島津さま　岡田さま　北原さま　渡辺さま　細井さま
栃木県庁　篠崎さま　加藤さま　吉江さま　和氣さま　林さま
松本民芸家具　池田さま
ファーマーズ・フォレスト　笹川さま
ぴかちる　いのちく　ろみひー　豊間根さん
伊東朋夏さま
みなさま、本当にありがとうございました。

この作品は書き下ろしです。原稿枚数600枚（400字詰め）。

幻冬舎文庫

●最新刊
40歳を過ぎたら生きるのがラクになった
アルテイシアの熟女入門
アルテイシア

若さを失うのは確かに寂しい。でもそれ以上に生きやすくなるのがJJ（＝熟女）というお年頃。WEB連載時から話題騒然！　ゆるくて楽しいJJライフを綴った爆笑エンパワメントエッセイ集。

●最新刊
〝がん〟のち、晴れ
「キャンサーギフト」という生き方
伊勢みずほ　五十嵐紀子

アナウンサーと大学教員、同じ36歳で乳がんに罹患した2人。そんな彼女たちが綴る、検診、告知、治療の選択、闘病、保険、お金、そして本当の幸せについて。生きる勇気が湧いてくるエッセイ。

●最新刊
洋食　小川
小川　糸

寒い日には体と心まで温まるじゃがいもと鱈のグラタン、春になったら芹やクレソンのしゃぶしゃぶを。大切な人、そして自分のために、今日も洋食小川は大忙し。台所での日々を綴ったエッセイ。

●最新刊
消滅　VANISHING POINT（上）（下）
恩田　陸

超大型台風接近中、大規模な通信障害が発生した日本。国際空港の入管で足止め隔離された11人の中にテロ首謀者がいると判明。テロ集団の予告通り日付が変わる瞬間、日本は「消滅」するのか!?

●最新刊
眠りの森クリニックへようこそ
～「おやすみ」と「おはよう」の間～
田丸久深

薫が働くのは、札幌にある眠りの森クリニック。院長の合歓木は〝ねぼすけ〟だが、腕のいい眠りの専門医。薫は、合歓木のもと、眠れない人たちをさまざまな処方で安らかな夜へと導いていく。

幻冬舎文庫

●最新刊
ていうか、男は「好きだよ」と嘘をつき、女は「嫌い」と嘘をつくんです。
DJあおい

男と女は異質な生き物。お互いがわからないから興味を抱き、それを知りたいという欲求が恋愛感情に発展する。人気ブロガーによる、男と女の違いを中心にした辛口の恋愛格言が満載の一冊。

●最新刊
坊さんのくるぶし
鎌倉三光寺の諸行無常な日常
成田名璃子

鎌倉にある禅寺・三光寺で修行中の高岡皆道。ワケアリの先輩僧侶たちにしごかれ四苦八苦していたある日、修行仲間が脱走騒ぎを起こしてしまう。「悟りきれない」修行僧たちの、青春〝坊主〟小説！

●最新刊
赤い口紅があればいい
いつでもいちばん美人に見えるテクニック
野宮真貴

この世の女性は、みんな〝美人〟と〝美人予備軍〟。要は美人に見えればいい。赤い口紅ひとつで洗練とエレガンスが簡単に手に入る。おしゃれカリスマによる、効率的に美人になって人生を楽しむ法。

●最新刊
きみの隣りで
益田ミリ

森の近くに引っこした翻訳家の早川さんは、夫と小学生の息子・太郎との3人暮らし。太郎は森に生える〝優しい木〟の秘密をある人にそっと伝えた。森の中に優しさがじわじわ広がる名作漫画。

●最新刊
男子観察録
ヤマザキマリ

男の中の男ってどんな男？　責任感、包容力、甲斐性なんて太古から男の役割じゃございません！ハドリアヌス帝、プリニウス、ゲバラにノッポさん。古今東西の男を見れば「男らしさ」が見えてくる？

幻冬舎文庫

●最新刊
鳥居の向こうは、知らない世界でした。3
～後宮の妖精と真夏の恋の夢～
友麻　碧

異界「千国」で暮らす千歳は、第三王子・透李に嫁ぐ王女の世話係に任命される。しかし、透李に恋する千歳の心は複雑だ。ある日、巷で流行している危険な〝惚れ薬〟を調べることになり……。

●最新刊
下北沢について
吉本ばなな

自由に夢を見られる雰囲気が残った街、下北沢に惹かれ家族で越してきた。本屋と小冊子を作り、玩具屋で息子のフィギュアを真剣に選び、カレー屋で元気を補充。寂しい心に効く19の癒しの随筆。

●最新刊
やめてみた。
本当に必要なものが見えてくる、暮らし方・考え方
わたなべぽん

炊飯器、ゴミ箱、そうじ機から、ばっちりメイク、もやもやする人間関係まで。「やめてみる」生活を始めた後に訪れた変化とは？　心の中まですっきりしていく実験的エッセイ漫画。

●好評既刊
絶対正義
秋吉理香子

由美子たち四人には強烈な同級生がいた。正義だけで動く女・範子だ。彼女の正義感は異常で、人生を壊されそうになった四人は範子を殺した。五年後、死んだはずの彼女から一通の招待状が届く！

●好評既刊
雪の華
岡田惠和・脚本
国井　桂・ノベライズ

余命を宣告された美雪の前に現れた悠輔。彼の窮地を救うため、美雪は百万円を差し出して、一か月間の恋人契約を持ちかけるが……。東京とフィンランドを舞台に描かれる、運命の恋。

幻冬舎文庫

●好評既刊

ペンギン鉄道なくしもの係リターンズ

名取佐和子

電車の忘れ物を保管するなくしもの係。担当の守保が世話するペンギンが突然行方不明に。ペンギンの行方は？　なくしもの係を訪れた人が探すものは？　エキナカ書店大賞受賞作、待望の第二弾。

●好評既刊

江戸萬古の瑞雲《ずいうん》

多田文治郎推理帖

鳴神響一

世に名高い陶芸家が主催する茶会の山場となった「普茶料理」の最中、厠に立った客が殺される。犯人は列席者の中に？　手口は？　文治郎の名推理が始まった。人気の時代ミステリ、第三弾！

●好評既刊

1968　三億円事件

日本推理作家協会 編／下村敦史　呉 勝浩

池田久輝　織守きょうや　今野 敏 著

1968年（昭和43年）12月10日に起きた「三億円事件」。昭和を代表するこの完全犯罪事件に、人気のミステリー作家5人が挑んだ競作アンソロジー。物語は、事件の真相に迫れるのか？

●好評既刊

橋本治のかけこみ人生相談

橋本　治

頑固な娘に悩む母親には「ひとり言をご活用ください」と指南。中卒と子供に言えないと嘆く父親には「語るべきはあなたの人生、そのリアリティです」と感動の後押し。気力再びの処方をどうぞ。

●好評既刊

愛よりもなほ

山口恵以子

没落華族の元に嫁いだ、豪商の娘・菊乃。しかしそこは地獄だった。妾の存在、隠し子、財産横領、やっと授かった我が子の流産。菊乃は、欲と快楽を貪る旧弊な家の中で、自立することを決意する。

ヘタレな僕《ぼく》はNOと言《い》えない

公僕《こうぼく》と暴君《ぼうくん》

筏田《いかだ》かつら

平成31年2月10日　初版発行

発行人――石原正康
編集人――袖山満一子
発行所――株式会社幻冬舎
〒151-0051東京都渋谷区千駄ヶ谷4-9-7
電話　03(5411)6222(営業)
　　　03(5411)6211(編集)
　　　振替00120-8-767643
印刷・製本―中央精版印刷株式会社
装丁者――高橋雅之

幻冬舎文庫

ISBN978-4-344-42830-0　C0193　い-61-1